혼자서도 꽃인 너에게

나태주 산문집

혼자서도 꽃인 너에게

초판 1쇄 발행 2017년 9월 28일

지은이 나태주

펴낸이 김선기
펴낸곳 (주)푸른길
출판등록 1996년 4월 12일 제16-1292호
주소 (08377) 서울시 구로구 디지털로 33길 48 대륭포스트타워 7차 1008호
전화 02-523-2907, 6942-9570~2
팩스 02-523-2951
이메일 purungilbook@naver.com
홈페이지 www.purungil.co.kr
ISBN 978-89-6291-427-6 03810

• 이 도서의 국립중앙도서관 출판예정도서목록(CIP)은 서지정보유통지원시스템 홈페이지(http://seoji.nl.go.kr)와 국가자료공동목록시스템(http://www.nl.go.kr/kolisnet)에서 이용하실 수 있습니다.(CIP제어번호: CIP2017024211)

혼자서도 꽃인
너에게

푸른길

잠시 쓴다

- 혜리에게

지금 너 어디 있느냐?

어디서 나를 보고 있느냐?

나를 생각하고 있느냐?

오늘도 구름은 높고

하늘은 맑고

푸르른 바람

바람 속에 너의 숨결 있고

구름 위에 너의 웃음이

숨었다

혼자서도 꽃으로

피어날 줄 아는 너에게

지구의 이편에서 잠시 쓴다.

차례

제2부 조금만 참자

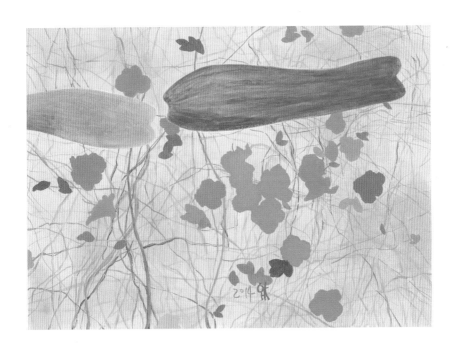

많이 보고 싶겠지만

돌멩이

나태주

흐르는 맑은 물결 속에 잠겨
보일 듯 말 듯 일렁이는
얼룩무늬 돌멩이 하나
돌아가는 길에 가져가야지
집어 올려 바위 위에
놓아주고 잠시
다른 볼일 보고 돌아와
찾으려니 도무지
어느 자리에 두었는지
찾을 수가 없다

혹시 그 돌멩이, 나 아니었을까?

빗나간 결심

애당초 빗나간 결심이요 생각이었다. 다시는 학교에 다니지 않고 학생들 앞에서 서지 않으리라. 9년 전 교직에서 정년퇴임을 하면서 결심한 생각이었다. 돈 내고 선생님한테 배우기 위해 다닌 학교 12년에 돈 벌며 학생들 가르치기 위해 다닌 학교 43년, 도합 55년 동안 다닌 학교다.

그런데 그 생각과 결심이 여지없이 빗나가고 더 많은 학교를 다니고 더 많은 학생들을 만나며 사는 사람이 되었다. 예전엔 내 학교만 다니고 내 학생들만 만났는데 이제는 선국의 학교를 다니고 초등학교에서 대학교까지 다양한 학생들을 만나며 산다. 도대체 이게 무슨 조홧속인가 모르겠다.

처음엔 연중 60회 정도 다녔는데 그것이 성장하여 올해는 200회를 다녔다. 200회라면 하루걸러도 넘는 횟수다. 가까운 거리나 장소도 아니다. 먼 곳, 전국의 여러 곳이다. 게다가 나는 자동차도 없는 사람이다. 그러니 오직 대중교통에 의지하여 다닌다.

고달프지만 아이들이 찾는다 그러니 거절할 수 없는 일이고 글과 책을 좋아하며 공부하는 사람들이 또 찾는다 그러니 그 소청 또한 뿌리치기 힘든 노릇이다. 어떤 날은 하루에 두 군데를 다니는 경우도 있다. 기왕에 가까이 왔으니 다른 사람들도 만나 달라고 주최 측에서 배려해 주어서 그리되는 일이다.

생각해 보면 이것은 매우 감사한 일이고 내 자신 축복받았구나 싶은 생각이 드는 일이다. 그것도 어린 세대들이 나를 찾아 주고 마음이 곱고 순한 사람들이 나를 부르니 더욱 감사한 일이다. 그러니 거리 마다하지 않고 주제나 청중 가리지 않고 강연하러 다니는 것이다.

다만 나는 나의 생애 가운데 남은 시간을 내가 필요한 사람들에게 골고루 나누어 주자 그런 심정이다. 그래서 전국을 떠돌다시피 다니면서 문학 강연을 하는 건데 문학 강연을 하면서 거꾸로 배우는 점이 많고 느끼는 것들이 많다. 이쪽에서 오히려 감동을 받을 때가 있고 새롭게 깨닫는 것들도 있다.

그래서 그 내용들을 흘려버리지 말고 글로 좀 남겨 놓고 싶어서 이 글을 쓰는 것이다. 나는 이미 이런 내용의 글을 책으로 두 권이나 쓴 바가 있다. 『꿈꾸는 시인』과 『죽기 전에 시 한 편 쓰고 싶다』이다. 그러니까 이 책은 그 후속편인 셈이다. 앞의 두 책에서는 시에 관한 것들만 다루었는데 이번에는 세상 이야기, 인생 이야기를 시의 이야기와 함께 다루어 보고 싶은 것이다.

그 이야기를 함에 있어서 내 자잘한 이야기들을 들어줄 사람이 필요하다. 여기서 새롭게 떠올린 사람이 정혜리 씨. 여러 차례 내 책을 편집해 주고 예쁘게 꾸며 준 출판사의 젊은 편집자다. 이제부터는 춥고 밤이 길고 지루한 겨울철이 찾아올 차례. 그 겨울철 한동안 혜리 씨와 마주 앉아 이야기를 나누고 싶다.

누군가에게 내 마음속 숨은 얘기를 털어놓고 싶다. 이건 내 어려서부터 병적일 정도로 강한 소망. 아마도 이런 소망이 오늘날 나를 시인으로 만들어 주었는지도 모르는 일이다. 시인들은 정상인들과는 너무나도 다르게 자기 현시 욕구가 강한 사람들이니까.

옛날 중국 한나라 말기, 편작이란 의사가 있었다고 그런다. 편작은 세상의 명의로 이름을 떨쳤는데 그는 그렇게 말했다고 한다. "나는 명의가 아니다. 진짜 명의는 우리 두 형님인데 큰형님은 환자가 병이 나기 전에 병을 고치고 둘째 형님은 초기의 환자를 미리 알아서 고친다. 그런데 나는 중병의 환자들만을 고치기 때문에 세상 사람들이 나를 명의라고 부르는 것이다."

그럴지도 모른다. 징말로 좋은 대화의 상대는 이쪽에서 7이나 6을 말하는데 10이나 9를 알아듣는 상대인지도 모른다. 말하지 않은 것까지 알아듣는 사람이 있다면 얼마나 좋을까. 결국은 마음의 입과 귀를 말하는 것이다. 내가 말한 것보다 더 많은 것들을 알아듣는 귀.

나는 또 그랬다. 어려서부터 예쁘고 부드럽고 사랑스러운 것들이 너무나도 좋았다. 먼지 날리는 길거리에서 예쁜 꽃 한 송이라도 만나면 쉽게 눈을 떼지 못했고 발길 또한 쉽게 돌리지 못했다. 이것은 매우 여성적인 세계를 말하는 것이다. '여성적인 것이 우리를 구원해 준다.' 괴테의 말이기도 하지만 여성적인 것, 부드러운 것들이 우리를 좋은 쪽으로 이끌어 주는 것만은 분명하다.

여성적인 것은 촉촉한 것. 부드럽고 사랑스러운 것. 무한히 넓은 것이고 자유롭게 열린 그 무엇. 혜리야. 네가 부디 그런 나의 귀가 되어 나의 이야기를 좀 들어주지 않겠니? 나도 너에게 무한히 부드럽고 예쁘고 사랑스러운 입이 되어 보고 싶구나.

나태주 시인님께

박지원 부산 성모여자고등학교 3학년

시인님 안녕하세요! 시인님께서 기억해 주시고 계실지는 모르겠지만, 저는 지난 화요일에 부산성모여자고등학교에서 시인님께 편지를 드렸던 3학년 4반 박지원이라고 합니다. 엽서에 쓰여 있는 손글씨를 제가 쓴 것이라고 말씀드렸을 때 이메일을 달라고 하셔서 저는 정말 기뻤어요. 어찌나 기뻤는지, 보이는 사람들마다 자랑을 하고 다녔을 정도예요. 이메일을 쓰고 있는 지금 이 순간도 너무 떨려서 무슨 말을 써야 할지 잘 모르겠어요.

두 사진 중 위에 있는 사진은 엽서로 만들어지기 전에 제가 편집해 본 것이고, 아래에 있는 사진은 아쉽게도 엽서로 만들어지지 못한 시 「섬에서」를 쓴 것입니다. 그 밖에도 다른 시들을 많이 써 봤지만, 컴퓨터로 깔끔하게 편집을 해 본 것은 이번이 처음이었어요. 시인님 덕분에 제 취미 생활도 단순히 취미 생활로 끝나는 것이 아니라 다른 사람들에게도 도움이 되는 보람 있는 활동이 될 수 있었어요. 저는 시인님의 시를 자주 써 보면서도 이렇게 가까이에서 뵙고 이메일을 드리게 되는 날이 올 줄은 꿈에도 몰랐어요. 시인님의 팬이 된 지 어언 3년이 다 되어 가는데, 팬 중에서도 저는 정말 '성공한 팬'이라고 생각해요. 지금의 이 행복감은 이루 말로 표현할 수 없을 거예요.

편지에서도 썼던 말이지만, 늘 감사하고 존경하고 있습니다. 화요일에 해 주셨던 강연으로 한 번 더 제 인생이 많이 바뀐 것 같아요. 시인님께서 강연을 하시는 내내 몇몇 구절이 제 마음을 울려서 몰래 눈물을 훔치기도 했어요. 비록 고등학교 3학년이지만 자습 시간을 조금 포기하면서 시인님의 강연을 들을 수 있었다는 것은 정말 큰 영광이었다고 생각합니다. 가까이에서 직접 사인을 받고 인사를 드리고 싶었지만 시간이 부족해 그럴 수 없었다는 것이 아쉬울 따름이에요.

이메일을 보내 달라고 말씀해 주셔서 오히려 제가 더 감사합니다. 내일 학교에 가면, 시인님께 이메일을 보냈다고 한 번 더 하루 종일 자랑을 하고 다녀야겠어요. 열아홉에 남을 아름다운 기억을 만들어 주신 것도, 인생의 방향을 잡게 해 준 강연을 해 주신 것도, 평생 잊지 못할 특별한 경험을 하게 해 주신 것도 모두 다 마음 깊이 감사드립니다. 다음에 또 이메일을 드릴 기회가 있었으면 좋겠어요. 정말 고맙습니다.

2016년 6월 16일
박지원 드림

박지원 양 캘리그래피 「오늘의 약속」

박지원 양 캘리그래피 「섬에서」

꿈꾸는 시인, 나를 꿈꾸게 하다

양유진 부산 성모여자고등학교 3학년

시를 사랑하지만 왜 사랑하는지 몰랐던 나에게 『꿈꾸는 시인』은 공감으로 가득 찬 한마디 한마디로 스스로에 대한 깨달음에 도달하게 해 준 고마운 책이다. 시를 읽을 때 내 가슴을 따뜻하게 하는 그 무엇인가에 대해 나는 항상 생각에 생각을 거듭해 왔다. 비로소 나는 운명처럼 이 책을 만나 그 답을 명쾌하게 얻을 수 있었다. 인생에 대한 소감이라는 발견, 감정의 동질성에서 오는 희열감이 주는 기쁨이었던 것이다. 이 기쁨이 감정을 느끼는 모든 순간의 나와 시를 연결해 주고 있었음을 알게 되었다. 나는 평소 이해인 수녀님의 시에서 강력한 이끌림을 느끼며 애착을 가지고 많은 모방시를 적고 낭송해 왔다. 그 강력한 이끌림은 책에서 말하듯, 나를 위해 함께 울어 주고 위로해 주고 축복해 주는, 따뜻한 인간애가 담겨 있는 기도와 같은 시에서 비롯된 것이 아닐까 하는 생각이 들었다. 이것은 앞으로 내가 시를 쓰는 데 있어서 나침반으로 새겨야 할 말이기도 하다. 시인에 대한 나의 생각이 큰 변화를 맞이하게 되었고, 나에게 그 변화의 의미란 매우 크다. 이전까지의 나는 시인은 그저 아름다운 우리말로 노래하는 사람이라고만 생각했었다. 사회적으로 가지는 책임과 그 임무에 대해서는 단 한 번도 생각해 본 적이 없었던 것이다. 그러나 지금의 나는 감정적으로 힘들어하는 사람들의 행복 전도사라는, 시를 쓰는 궁극적 목적을 가지게 되었다. 앞으로의 나의 시어는 더욱 그 의미가 소중해질 것이다. 내가 감히 시인이 될 자격이 있는가에 대한 가슴속 나의 외침은 끊임이 없었고 자신도 없었다. 그러나 평소 어머니가 말하시던 나의 유별난 감정이입과 측은지심이 시인의 자격 중 하나라는 것을 깨닫고 조심스럽게 할 수 있다는 희망을 가지게 되었다. 또한 매번 글을 쓸 때마다 소리 내어 읽는 습관이 있는 나는, 글을 쓰는 데 걸리는 시간이 길어 종종 그 방법을 바꾸는 것이 어떻겠냐는 권유를 많이 들어 왔다. 이런 나에게 오히려 음성언어 중심으로 글을 쓸 때 더욱 글이 자연스럽고 부드러워 읽기 편하고 독자들에게 가까이 다가간다는 시인의 말씀은 스스로에 대한 믿음을 가지게 해 주었다. 훗날 국어교사를 꿈꾸고 있는 나에게 이 책은 교육의 방향까지도 제시해 주었다. 정서적인 감상이라는 시문학 교육의 본질을 항상 되새기며, 그것을 교육 철학으로 삼고 시의 생명을 지키는 교사가 될 것이다. 또한 책 읽기의 중요성을 깊이 깨닫게 된 나는 앞으로 여러 가지 경향의 시를 많이 읽어 나만의 글의 이정표를 찾고자 노력할 것이다. 그리고 사람들의 가슴에 뿌리를 내리는 시 한 편을 적기까지 나는 멈추지 않을 것이다.

나태주 선생님께

16-06-18 (토) 17:09

보낸사람 양유진/ 받는사람 나태주

　많은 사람들에게 스스로의 깨달음, 다짐 등과 같은 감정과 생각을 공유

하는 것은 언제나 행복하고 참 감사한 일인 것 같습니다. 오늘도 살아 있음

에 감사하며 보내려 합니다.

　행복을 큰 것에서 바라지 않는 마음이 우리를 더 큰 행복으로 이끄는 것

같습니다.

　선생님의 강연을 들으며 많은 위로를 받았고 저도 선생님처럼 저를 필요

로 하는 곳에 기꺼이 달려가는 사람이 되어야겠다고 다짐했습니다. 감사합

니다, 선생님! 행복한 하루하루 보내시길 바라요!

그 말

나태주

보고 싶었다

많이 생각이 났다

그러면서도 끝까지

남겨두는 말은

사랑한다

너를 사랑한다

입속에 남아서 그 말

꽃이 되고

향기가 되고

노래가 되기를 바란다.

문학 강연

문학 강연을 할 때는 강연을 시작하고 나서 바로 5분이 중요하다. 이것은 마치 비행기가 이륙하고 나서 6분이 중요한 것과 같다. 초등학교 학생이나 중학교 학생을 대상으로 할 때는 더욱 그렇다. 만약 그 시간에 청중을 제압하지 못하면 그날의 강연은 실패로 돌아간다. 무슨 방법으로든지 청중을 제압해야 한다.

여기서 제압이라고 그래서 고압적인 그런 제압은 아니다. 어떻게 하든지 청중을 내 편으로 끌어들이는 심정적인 제압을 말한다. 이것은 매우 정서적인 접근이다. 내 편에서 먼저 마음을 열고 호의를 보여야 한다. 내가 내려가야 하고 낮아져야 한다. 친근감을 보여야 하고 솔직함도 보여야 한다. 결코 현학적이거나 잘난 척 거들먹거리는 태도는 금물이다.

그런 점에서 연사의 위치는 높은 단상보다는 바닥이 좋겠다. 청중과 같은 위치에 말하는 사람이 서기 때문이다. 가능하다면 마이크를 빼 들거나

무선 마이크를 사용하여 청중 가까이 다가가는 것이 좋겠다. 이런 작은 노력이나 제스처 하나에도 청중은 민감하게 반응한다. 그만큼 인간은 미세한 감성을 지닌 존재인 것이다.

나는 당신들과 그 무엇도 다르지 않다는 것을 보여 주어야 한다. 친밀감을 가지고 있다는 것도 보여 주어야 한다. 그렇게 되면 처음엔 조금쯤 부정적인 생각이나 느낌을 가졌던 청중이라 해도 조금씩 마음을 열어 이쪽으로 다가오도록 되어 있다. 능숙한 연사라면 그것을 느낌으로 알아차리면서 자기의 말을 조절할 수도 있어야 한다.

연사가 하는 말이 청중에게 잘 먹혀들어 가는가 안 먹혀들어 가는가에 대해서도 아주 민감하게 느끼면서 말할 필요가 있다. 그러므로 말하는 사람은 머리의 회로를 하나만 가져서는 안 된다. 두 개 이상을 가져야 한다. 하나는 말하는 내용을 생각하는 지적인 회로이고 또 하나는 느낌을 체크하는 감성의 회로이다.

그래서 점점 이쪽의 말이 저쪽의 가슴에 가서 안기고 그것이 저들 마음에 꽃이 되거나 풀이 되어 자랄 때 강연장의 분위기는 조금씩 변하고 조그만 흥분 상태를 연출한다. 던지는 말마다 조그만 파문을 일으키며 청중에게로 간다. 이쪽에서 한 말의 크기보다 더 큰 느낌으로 가서 안긴다. 말하는 사람 또한 청중이 자기의 말을 받아서 마음에 파문을 일으키고 있다는 것을 느낀다.

그냥 첨벙첨벙 수면 위로 떨어져 잠기는 돌멩이 같은 말이 아니다. 출렁출렁 파문을 일으키며 다가가는 말이다. 요는 동감이다. 동감이란 감정을 같이하고 공유하는 것. 그다음은 자연스럽게 감동으로 이어진다. 그 감동은 거꾸로 연사에게로 전달되어 더 큰 감동으로 재생산된다. 이른바 소통이고 순환이고 교감이다. 상호작용이고 합일이다.

한 번이라도 다른 사람과 감정으로 하나가 되어 보는 기회를 갖는 일은 매우 소중한 일이다. 상호 간 매우 가치 있는 경험을 제공한다. 마음의 무장이 풀리면서 편안해지고 고요한 세계에 이른다. 그쯤 되면 어떠한 말을 해도 청중은 저항 없이 받아들이도록 되어 있다. 같은 장소에 있는 사람들과도 경계심을 내려놓게 된다. 너와 나의 경계가 무너졌기 때문이다. 이런 상태가 바로 힐링 상태이고 정신의 이완 상태, 휴식 상태이다.

여기서 정신의 커다란 감동의 강물이 열린다. 그 강물은 모든 사람의 마음을 골고루 부드럽게 적시며 천천히 흘러갈 것이다. 이런 것만 보아도 인간이 얼마나 아름다운 존재이고 영혼적인 존재인가를 알 수 있다. 인간의 진정한 파워는 다른 사람의 마음을 변화시키고 감동시키는 능력. 신이 있어 시인에게 그런 능력을 주셨다면 진정으로 시인은 신에게 감사해야만 했을 일이다.

나에게 문학 강연은 때로 이러한 놀라운 경험을 준다. 두 시간 가까이 한 자리에 똑바로 서서 이야기를 하다 보면 다리가 붓고 발이 붓도록 되어 있다. 그렇지만 강연을 마치고 나면 마음은 무어라 형언하기 어렵게 기쁘고 상쾌하다. 분명 피곤하지만 그 피곤함은 짜증나는 피곤함이 아니고 편안한 피곤함이다. 그 힘으로 나는 다시금 새날을 기약하면서 산다.

올해도 수없이 많은 날들을 전국을 떠돌며 문학 강연이란 것을 했다. 젊은 세대들, 좋은 사람들 앞에서 수없이 많은 말들을 놓았다. 강연을 마치고 집에 돌아와 고단한 몸을 눕히며 기도를 드린다.

내가 한 말들이 세상에 던져지는 돌멩이가 되지 않기를. 더더욱 욕설이 되지 않기를. 내가 한 말들이 세상 사람들의 가슴에 가서 꽃이 되고 샘물이 된다면 얼마나 좋을까. 감히 소망해 본다. 조그만 꽃의 씨앗이라도 되어 그들의 가슴에 새싹이 되어 자란다면 얼마나 좋을까. 다시금 소망해 본다.

너를 두고

나태주

세상에 와서
내가 하는 말 가운데서
가장 고운 말을
너에게 들려주고 싶다

세상에 와서
내가 가진 생각 가운데서
가장 예쁜 생각을
너에게 주고 싶다

세상에 와서
내가 할 수 있는 표정 가운데
가장 좋은 표정을
너에게 보이고 싶다

이것이 내가 너를

사랑하는 진정한 이유

나 스스로 네 앞에서 가장

좋은 사람이 되고 싶은 소망이다.

시 읽는 중학생들

문학 강연을 하면서 가장 까다로운 상대는 중학생들이다. 중학생은 사춘기에 접어든 아이들로서 성장 과정상 질풍노도기를 통과하는 시기이다. 정서적으로 불안하며 행동도 울퉁불퉁하고 안정이 안 되어 있다. 왕따 현상이 가장 많이 발생하는 시기 또한 중학생 시절이다.

오죽했으면 '북한의 최고지도자 김정은이 남한의 중학교 2학년 학생들 무서워 쳐들어오지 못한다.'라는 농담이 다 생겼겠는가! "너희들이 바로 국방의 의무를 다하고 있는 아이들이다." 그렇게 말하면 중학생들도 따라서 웃는다. 스스로도 이미 알고 있다는 얘기다. 전교생을 대상으로 강연할 때 중학교 2학년 학생들은 대번에 표시가 난다. 무언지 모르게 부산하고 불안한 기운이 도는 부분이 바로 중학교 2학년 아이들인 것이다.

그런데, 그런데 말이다. 이렇게 좌충우돌이고 부산스러운 중학생들도 어떤 경우엔 아주 가지런해질 때가 있다. 문학 강연을 다니며 나는 여러 학교에서 그런 아이들을 만났다. 모두가 강연을 앞두고 선생님의 안내나 지도로 시를 미리 읽은 아이들이다. 이런 아이들은 얼마나 의젓하고 자랑스러운지 모른다. 감동 그 자체다.

맨 먼저 이러한 중학생을 만난 것은 전남 무안의 삼호중학교에서다. 강당에 마련된 강연장에 들어서자마자 전교생이 일제히 일어나 나의 시 「풀꽃」과 「선물」을 낭송했다. 그것도 공수를 하고서 말이다. 이때의 감동이라니! 강연을 하러 가서 오히려 내 편에서 먼저 감동을 받은 격이 되어 버렸다.

그다음은 충남 서산의 대철중학교. 이 학교는 가톨릭 계통의 사립학교인데 강연장을 성당의 예배실에 마련했었다. 역시 전교생이 기다리고 있다가 내가 들어서자마자 「풀꽃」 시를 노래로 부르는 것이었다. 그 노래는 한국민족예술인총연합 회장인 고승하 씨가 작곡한 것인데 나 자신도 생전 처음 들어 보는 노래였다.

그리고 경기도 고양시의 고양중학교의 경우가 있다. 고양중학교는 내가 강연 가기 전에 전교 학생이 나의 시로 시화전을 해서 강당 벽에 붙이고 저희들끼리 프로그램을 만들어 행사를 진행하면서 나의 강연을 청해 들었다. 매우 자율적인 학생들로 이런 행사를 2년 연속으로 하면서 나를 또 연속으로 불러 주었다.

또 제주도 귀일중학교와 전남 고흥의 과역중학교의 예를 아니 들 수가 없다. 그들 학교의 중학생들도 진지하게 강연을 들으면서 시에 충분히 공감하는 모습을 보여 주어 거꾸로 나를 감동시킨 경우이다. 이 모든 중학생들 뒤에는 좋은 선생님이 숨어 있었다. 선생님이 먼저 나의 시를 좋아하고 충분히 이해한 다음, 그 이해를 바탕으로 아이들과 소통하면서 시의 감상을 충분히 이끌어 낸 결과물이다.

삼호중학교의 이호 교사와 김인순 교사. 대철중학교의 고귀숙 교사. 고양중학교의 손유록 교사. 귀일중학교의 김형준 교사. 과역중학교의 송영미 교사. 그 선생님들의 한결같은 이야기가 시가 아이들을 변화시킨다는 것이다. 처음엔 왈가닥인 아이들도 시를 읽으면서 눈에 띄게 달라진다는 것이다.

시를 읽으면서 사람이 달라진다는 것! 이것은 매우 귀한 일이다. 시를 읽으면서 내면의 변화가 일어났기 때문에 자연스럽게 일어나는 외형적인 변화이다. 우선 시를 읽으면서 일어나는 감흥이 중요하다. 이 감흥이 공감으로 이어지고 드디어 감동의 세계에 도달하는 것이다. 그렇다면 인생의 성장 과정 가운데 진정으로 시를 읽어야 할 때는 중학교 시절이라고 할 수가 있겠다.

중학교 시절은 청소년 전기로서 소년에서 청년으로 변모해 가는 시기이다. 아직 인격이나 인성이 완전히 형성되기 이전의 시기이다. 그러므로 가소성可塑性이 강하다. 아직 마음이 완전히 굳지 않았다는 말이다. 또한 중학교 시기는 아직은 대학수학능력시험으로부터 거리가 있어 자유롭게 저들의 시간을 활용할 수 있는 절호의 시기이다. 이 시기야말로 시를 읽어야 할 찬스가 아닌가 싶다.

그 가능성을 나는 전국을 다니며 여러 중학교에서 보았다. 중학교 아이들이야말로 그 어떤 인생의 시기보다 감성이 풍부하다. 그래서 외부의 자극이나 조건들에 강하게 영향 받을 시기이다. 이 시기를 놓치지 말고 중학교 아이들에게 시를 읽게 해 주어야 한다. 중학교 선생님들은 이러한 점을 십분 감안하여야 한다. 학생들에게 읽혔으면 좋을 성싶은 시들을 모아 시집을 만들어 읽게 하기도 하고 그 방면의 실험 연구도 해 보았으면 좋겠다. 권해 드리고 싶다.

안부

나태주

오래
보고 싶었다

오래
만나지 못했다

잘 있노라니
그것만 고마웠다.

좋은 느낌인 채로

「안부」라는 시는 2005년도에 쓴 것이다. 그러니까 지금부터 10년도 넘은 옛날에 쓴 것인데 제법 많은 이들이 가져다 사용하는 글이기도 하다. 우선 작품의 구성이 단순하고 내용 또한 간단명료해서 시에 대해서 잘 알지 못하는 사람들까지도 읽으면 대번에 알 수 있는 작품이다.

주로 동창회나 사람들 모임에 가져다 쓰는 것 같다. 이 글이 좋은 느낌인 채로 헤어져 오래 만나지 못하는 이들에게 이쪽의 마음을 전하는 데에 적합한 모양이다. 그러하다. 우리는 누구나 좋은 느낌인 채로 헤어져 오래 만나지 못하는 사람들이 있을 수 있다. 그런 사람이 문득 떠오르면 그 그리운 마음을 주체할 수 없을 때가 있다.

그럴 때 이런 문장이라도 입속으로 중얼거리면 주체하지 못할 것 같은 그리움이 조금쯤 엷어지지 않을까. 인생은 이렇게 버린 것 같은 인연 속에서도 귀한 마음이나 느낌이 새록새록 솟아나기 마련이어서 애달픈 바가 있다. 그래서 우리네 인생은 굽이굽이 아름답고 서럽고 의미가 주어지는 것이리라.

실지로 이 작품은 52년 전 내가 열아홉 살 나이로 햇병아리 선생이 되어 경기도 연천군의 군남국민학교 옥계분실에서 만났던 아홉 살, 2학년 학생이던 조해숙이란 제자를 위해서 쓴 작품이다. 그녀는 그날 41년 만에 내가 교장으로 일하고 있던 학교로 남편과 함께 찾아왔던 것이다.

물론 사전 연락도 없었다. 멀리 부산에서 산다고 했다. 남편도 지긋한 중년의 모습이었다. 우리는 그날 공주의 금강 가에 있는 새이학이란 식당에서 국밥을 한 그릇씩 나누어 먹고 헤어졌다. 너무나도 오랜 이별 뒤에 너무나도 짧은 만남이었고 그 헤어짐은 또 너무나도 허무한 것이었다. 그때의 심정을 그대로 쓴 것이 이 작품이다.

지금도 조해숙은 부산에서 남편과 이미 성장한 자녀들과 함께 씩씩한 모습으로 잘 살고 있다. 가끔 부산에 들를 일이 있으면 안부 전화를 걸곤 한다. 잘 있느냐고, 이쪽도 잘 있다고. 그렇지만 내가 부산에 와 있노라는 말은 굳이 하지 않기로 한다. 내가 왔다고 그러면 하던 일들을 팽개치고 나를 만나러 나올 것이 뻔하기 때문이다.

'안부'란 말은 저편의 사람이 편안한지 아니한지를 묻는 인사말이다. 역시 오래전에 본 일본 영화 「러브레터」의 마지막 장면에 나오는, 여자 주인공이 눈 덮인 별판에 나가 멀리 보이는 산을 보면서 부르짖는 말 '오겡키데스카'도 이와 별로 다르지 않다. '잘 지내고 있나요?' 바람결에 문득 묻는 말. 이 말이 감기약 광고에 나왔던가? 말의 뜻을 잘 모르는 젊은 친구는 이 말이 '감기 조심하세요'가 아니냐고 말했다. 재미있는 발상이다.

그쪽은 잘 지내고 있나요? 저도 잘 지내고 있어요. 우리 함께했던 날들이 정말로 좋았다고 할까. 보고 싶다. 만나지 못했다. 그것도 오래도록. 그래도 지금은 고맙다. 잘 있다니까. 그것 하나만으로도. 좋은 느낌인 채로 멀리 떨어져 오래 살고 있는 사람에게 다시금 해 보고 싶은 말. 그것도 문득. 이런 느낌만으로도 우리들 가슴은 아련히 물들게 마련이다.

공주 길거리에 캘리그래피로 쓰인 시 「안부」

• 시

혼자서

나태주

무리 지어 피어 있는 꽃보다
두셋이서 피어 있는 꽃이
도란도란 의초로울 때 있다

두셋이서 피어 있는 꽃보다
오직 혼자서 피어 있는 꽃이
더 당당하고 아름다울 때 있다

오늘 혼자 외롭게
꽃으로 서 있음을 너무
힘들어하지 말아라.

영혼과의 만남

일정이 잘 맞지 않았지만 어렵게 제주도의 한 학교에 다녀온 일이 있다. 제주시의 애월읍에 있는 귀일중학교. 학생들이 원하고 선생님들이 원한다고 했다. 공주의 집에서 택시로 달려 청주공항에서 새벽 비행기로 갔다가 저녁 비행기로 다시 청주공항으로 와서 택시를 타고 집으로 돌아온 고달픈 일정이었다.

귀일중학교는 사립학교였고 남녀공학이었다. 대개 사립학교는 두 종류로 분류된다. 학교의 분위기나 학생들이 밝고 명랑한 학교와 반대로 어둡고 침체된 학교, 그 두 가지로 갈라진다. 다행히 귀일중학교는 전자의 학교였다. 우선 학생들이 발랄했고 그들의 행동이 자유분방한 가운데 절제가 있었다.

강당에 마련된 강연장에서 두 시간 동안 쉬지 않고 강연을 했는데 아이들이 꼬박 마룻바닥에 앉아서 자리를 지키며 진지하게 강연을 들어주었다. 강연을 마친 뒤, 전교생이 모여서 사진을 찍고 원하는 아이들에게 사인을 해 주었다.

사인을 해 주는 시간이었다. 한 여학생이 다가왔다. 그 여학생은 성격이 활달하고 자기 표현력이 뛰어났다. 나중에 알고 보니 2학년 학생으로 신학기 학생회장으로 뽑힌 아이라 했다. 그 아이 이름은 홍지윤. 그 아이가 나의 시 가운데 가장 좋아하는 시라고 그러면서 살그머니 일러 준 시가 바로 위의 시이다.

왜 좋으냐고 물었다. 그냥 좋다고 말했다. 그래도 좋은 부분이 있지 않겠느냐고 말했다. 그랬더니 시의 끝부분이 자기는 더 좋았다고 말했다. 그럼 한 번 시를 외워보라고 했다. '오늘 혼자 외롭게/ 꽃으로 서 있음을 너무/ 힘들어하지 말아라.' 아이는 시를 외우다 말고 왈칵 울음을 터뜨리고 말았다. 아이가 우는 바람에 나도 따라서 울먹였다.

이런 경험이 얼마만인가! 그렇게 그날 그 순간 아이와 나는 하나가 되었다. 마음으로 하나가 되고 느낌으로 하나가 된다는 것은 정말로 하나가 되는 일이다. 이 얼마나 놀랍도록 좋은 일인가! 이것이야말로 진정한 만남, 영혼과의 만남이 아닌가 싶다. 내가 세상에 와서 이런 아이를 만나다니. 잠시 꿈을 꾼 듯한 심정이다.

시는 위로이고 충고이고 변화이고 응원이다

홍지윤 제주 귀일중학교 3학년

난 그저 사춘기를 지나고 있는 평범한 여중생이다. 다른 대부분의 요즘 학생들처럼 나 또한 책 읽는 것을 그다지 즐기지 않는다. 그렇게 책보다는 스마트폰을, TV를, 컴퓨터를 더 가까이하는 그런 일상을 보내고 있었다.

그런데 지난 11월, 시인 나태주 선생님께서 우리 학교에 강의를 하러 방문해 주신다는 얘기를 들었다. 정말 모시기 힘든 분이라는 것을 알기 때문에(특히 제주까지) 정말 좋은 기회라는 생각이 들었다. 그래서 평소에 나태주 시인님에 대해 많이 알고 있는 것도 아니고, 시 가운데 아는 것이라고는 「풀꽃」밖에 없었기에 정말 오랜만에 책을 구입하였다. 『별처럼 꽃처럼』, 『꽃을 보듯 너를 본다』 이 두 권의 시집이었다.

그중에 『꽃을 보듯 너를 본다』를 읽고 있었는데 시 한 편을 읽고 눈물이 왈칵 나왔다. 그렇게 유명한 시가 아니어서 이 책을 통해 처음 본 시였는데 바로 「혼자서」라는 시이다. '오늘 혼자 외롭게/ 꽃으로 서있음을 너무/ 힘들어하지 말아라'. 이 한 구절에 모든 것을 위로받는 느낌이었다.

사실 어떤 청소년이든(물론 어른도) 말하지 못할 고민을 하나쯤 가지고 있을 거다. 누구에게도 말하지 못하는… 용기가 나지 않아서 또는 내 고민이 누군가에게는 아무것도 아닌 것처럼 되어 버릴까 봐, 상대방이 더 큰 고민을 안고 있을까 여러 가지 이유로 꺼내 놓지 못했던 고민들을 이 시가 괜찮다며 위로해 주고 응원해 주는 느낌을 받았다.

어떤 어른들은 '그 시기에 뭐가 힘들고 무슨 고민이 있냐'고 하고, 어떤 또래들은 '오글거리게 시로 무슨 위로를 받아'라고 한다. 하지만 내가 읽기에 이 시는 어떤 누구보다도 조용하고 담담하게 내 마음을 위로해 주었다. 학업과 가족, 친구 관계 등 사춘기 시절 생기는 여러 고민에 힘들어하고 빠르게 지나가는 시간에 지쳐 가는 나를 일으켜 주는 시가 되었다.

항상 힘들고 외롭다고 느낄 때면 주저앉고 포기할까 하는 생각이 가장 먼저 들었는데 이 시를 읽고 나서는 이 시의 '혼자서 피어 있는 꽃'처럼 당당하게 일어나야겠다는 생각이 들도록 긍정적으로 바뀌게 된 것 같다.

이 시 외에도 선생님의 다른 시도 그랬고 나태주 선생님도 그랬다. 한 구절, 한 구절, 한 마디, 한 마디가 위로이고 힐링이었다. 나태주 선생님의 여러 시를 읽고 강의를 들을 때 선생님이 세상을, 꽃을, 사람을 얼마나 아름답게 보고 있는지가 느껴졌다. 그래서 선생님의 얘기를 듣고 나도 조그만 것에도 감사할 줄 알고, 모든 것을 아름답게 볼 수 있는 사람이 되어야겠다고 결심했다.

한 권의 시집, 한 번의 강의가 나의 마음을 변화시키는 큰 계기가 된 것 같다. 물론 내가 나이가 들면서 세상에 찌들 때면 이 시기를 잊을 수도 있다. 하지만 이 시는 항상 마음속에 남아 나를 응원해 줄 것이다.

　그래서 다른 친구들에게도 얘기해 주고 싶다. 스마트폰을 한 번 들여다볼 시간에 시 한 편 읽어 보는 게 어떠냐고. 그 짧은 시 한 편이 자신에게 큰 위로가 될 수도, 충고를 해 줄 수도, 마음에 변화를 줄 수도, 지친 시기에 나를 일으켜 주는 응원이 될 수도 있으니 말이다. 끝으로 나를 위로해 주고, 메마른 이 시대에 따뜻한 감성을 전해 주는 멋진 시와 멋진 강의를 해 주신 나태주 선생님께 감사하다.

귀일중학교 홍지윤입니다

17-01-07 (토) 16:03

보낸사람 홍지윤/ 받는사람 나태주

　안녕하세요 선생님. 저 귀일중학교 강의 오셨을 때 뵈었던 홍지윤이라는 학생입니다. 안 그래도 언제 한 번 메일로 연락드리고 싶었는데 김형순 선생님께 부탁을 드려서 이렇게 연락하게 됐네요. 제 글은 첨부파일로 보냈습니다. 정말 좋은 시 많이 써 주시고 좋은 말씀 많이 해 주셔서 감사한 마음으로 부족한 글솜씨라도 열심히 써 봤으니까 부족한 글이더라도 이해해 주세요. 선생님의 시가 저에게 큰 위로가 되었습니다. 제 글도 조금이나마 도움이 되었으면 좋겠네요. 항상 건강하시고 가끔 메일로 연락드릴게요^^

산수유꽃 진 자리

나태주

사랑한다, 나는 사랑을 가졌다

누구에겐가 말해주긴 해야 했는데

마음 놓고 말해줄 사람 없어

산수유꽃 옆에 와 무심히 중얼거린 소리

노랗게 핀 산수유꽃이 외워두었다가

따사로운 햇빛한테 들려주고

놀러 온 산새에게 들려주고

시냇물 소리한테까지 들려주어

사랑한다, 나는 사랑을 가졌다

차마 이름까진 말해줄 수 없어 이름만 빼고

알려준 나의 말

여름 한 철 시냇물이 줄창 외우며 흘러가더니

이제 가을도 저물어 시냇물 소리도 입을 다물고

다만 산수유꽃 진 자리 산수유 열매들만

내리는 눈발 속에 더욱 예쁘고 붉습니다.

지상에서의 가장 행복한 시간

학교 이름이 특별했다. 과역중학교. 전남 고흥군에 있는 학교인데 옛날 역참이 있던 자리 너머에 있는 마을이라서 지날 과過자와 역참 역驛자를 써서 과역이라 했다. 내가 문학 강연을 오지 않았더라면 어찌 이런 학교 이름을 들어 보기라도 했을 것인가.

이번에도 송영미 교사가 나를 불렀다. 기어이 와야 한다고 그랬다. 나는 이런 간절함 앞에서는 무방비 상태다. 그냥 무너진다. 그녀는 지난 2월, 역시 고흥군에 있는 백양중학교에서 근무하면서 나를 불렀는데 이번에는 과역중학교로 전근 와서 다시 나를 부른 것이다. 그만큼 송영미 교사는 내 시의 마니아인 것이다.

과역중학교는 시골 학교였고 아이들이 별로 많지 않았다. 전교생을 한 교실에 모아 놓고 시 얘기를 했다. 미리 내 시집을 사서 읽고 공부했으므로 시에 대한 이해도가 높았고 강의의 집중도가 좋았다. 눈빛을 빛내며 귀를 기울이는 아이들의 모습이 이쪽에서 오히려 놀랄 정도다.

아이들이 미리 질문지를 만들어 준비했는데 강의가 끝난 다음 짧게라도 그 모든 질문지에 답을 해 주려고 애썼다. 역시 질문 내용이 다양했고 심도가 있었다. 송영미 교사의 말에 의하면 아이들이 막 연애 감정이 싹트는 때라서 시에 대한 호응이 좋다는 것이다.

아이들을 시켜 같은 시집 안에서 좋아하는 시 열 편을 뽑으라고 한 다음, 한참 만에 다시금 좋아하는 시 열 편을 뽑으라 했더니 시의 목록이 많이 바뀌더라 했다. 그만큼 사람 마음은 가변성이 있고 또 시라는 것이 읽을 때마다 읽는 사람의 감정 상태에 따라 변하더라고 했다. 이런 것이 바로 진정한 시의 감상이 아닌가 싶었다.

질문지에 대한 대화를 마친 다음 자유질문 시간을 가졌다. 3학년에 다니는 한 여학생은 유독 나의 시 「산수유꽃 진 자리」란 작품에 대해서 집착하여 여러 차례 질문을 던졌다. 그 작품은 짝사랑을 소재로 한 것인데 여러 번 마음이 변용을 하는 대목에서 감흥이 일었고 어린 마음에 사무치기도 하면서 한편으로는 의문이 생기기도 했던 모양이다. 이 시는 성인의 작품이다. 그런 작품을 아이들이 읽고 호응하다니, 놀라운 일이다. 이 아이의 마음 어느 구석에 어른과도 같은 사랑이 싹터서 자라고 있었단 말이냐.

그뿐이 아니었다. 아이들은 나의 시 「묘비명」 같은 작품도 이해하고 있었다. '많이 보고 싶겠지만/ 조금만 참자.' 문장은 하나이고 쉽지만 내포는 결코 쉽다고 말할 수 없는 이 시를 아이들이 소화해 내고 있는 것이다. 지은이는 70대의 늙은이다. 그가 죽음을 예감하고 자기의 묘비에 새기고자 쓴 시가 바로 그 시인데 10대의 청소년에게 전달된다? 애당초 불가능한 일인데 이러한 불가능이 가능해진 데에는 이성적 접근을 넘어선 정서적 접근에 있다. 이렇게 시는 마음으로 접근하도록 되어 있고 감동만 전제된다면 어떠한 시라도 전달이 가능한 언어예술인 것이다.

나를 더욱 놀라게 한 질문은 끝부분에 나왔다. 2학년 여학생으로 키가 작고 얌전해 보이는 아이였다. 그 아이는 나의 시 「풀꽃·3」을 잘 읽었다고 말하면서 나한테 무슨 어려운 일이 있었느냐고 묻는 것이었다. '기죽지 말고 살아봐/ 꽃 피워봐/ 참 좋아.' 이 시는 세 살 먹은 손자 어진이가 엄마 없는 것을 응원해 주기 위해 쓴 작품이다. 그걸 이 아이가 대뜸 짚어 낸 것이다.

나는 가슴이 찌르르 하는 느낌을 받았다. 저 아이가 무슨 점쟁이라도 된단 말인가? 시의 문장 너머의 사실, 시인의 마음이나 처지까지를 어떻게 그렇게 정확하게 짚어 낸단 말인가. 이것은 매우 놀랍고도 신기한 일이다. 역시 아이들은 영혼을 읽어 낼 줄 안다. 그들의 마음과 영혼이 지극히 맑고 깨끗하고 깊기 때문이다. 말 너머의 말을 들을 줄 아는 이런 아이들. 이런 아이들을 만난 날들이 지상에 와서 내가 가장 행복한 시간이었다고 말할 수 있겠다.

나태주 시인님의 강연을 듣고

김민희 전남 고흥과역중학교 3학년

2016년 12월 15일 목요일, 나태주 시인님께서 우리 과역중학교에 강의를 들려 주시려고 방문하셨다. 나태주 시인님은 남녀노소 한 번쯤 들어 볼 만큼 유명하신 분이기 때문에 나도 모르게 연예인을 만나는 듯한 기분이 들었다.

시인님의 이야기는 어려운 듯했지만 귀에 쏙쏙 와닿았다. 시인님께서 우리 학교 전교생에게 질문 하나를 하셨다. 『꽃을 보듯 너를 본다』 이 시집에서 인상 깊었던 시가 어떤 시냐고 물어보셨다. 나는 소심하게 「묘비명」이라고 답하였다. 나태주 시인님께서 그 시는 늙은이들이 좋아하는 시라고 말씀하셨다. 그때는 무척 당황스러웠다.

내게 「묘비명」이라는 시는 매우 짧지만 아주 긴 이야기를 담은 것 같은 시였다. 내 머릿속에서 자리 잡고 오래 맴도는 시였다. 만약 내가 현재, 미래에 좋아하는 사람이 있는데 보지 못하고 있는 상황이라면 그때 공감될 만한 시가 「묘비명」일 것이라고 생각했기 때문에 인상 깊었다.

사실 나태주 시인님께서 강연하실 때 내 친구 하나가 부러웠다. 그 친구가 시 「풀꽃·3」을 쓰실 당시 힘든 일이 있으셨냐고 나태주 시인님께 질문을 했었다. 그 질문을 듣고 '나는 왜 한나처럼 시를 깊이 있게 안 봤을까?'라고 후회되고 아쉬웠다. 나도 「풀꽃·3」에서 '기죽지 말고 살아봐'라는 구절을 좋아했기 때문이다. 그렇지만 이런 생각을 하게 된 것은 정말 다행이라고 생각했다. 나태주 시인님을 만나지 않았다면 나는 이런 생각을 한 번도 안 해 보고 그냥 지나쳤을 것이 분명하기 때문이다.

나태주 시인님은 강연 중에 종이와 펜을 꺼내서 잊어버리고 싶지 않은 것들을 쉼 없이 적으셨다. 나도 잊어버리고 싶지 않은 것들을 그때그때 적으면 두 번 기억되어 거의 잊어버리지 않겠구나 싶어서 따라해 보고 싶어졌다.

나태주 시인님의 강연은 내가 무심코 넘겨 버렸을 만한 생각을 다시 할 수 있도록 동기부여를 해 준 강연이다. 이 강연 또한 「묘비명」이라는 시처럼 잊어버리지 못할 좋은 시간이 됐다. 이렇게 좋은 강연을 해 주신 나태주 시인님, 감사합니다. (2017.1.8)

마음으로 느끼는 시

송지선 전남 고흥과역중학교 3학년

나태주 시인께서 처음 우리 학교에 강연을 하러 오신다고 담임 선생님께서 말씀해 주셨을 때 정말 설렜다. 대한민국 국민이라면 다 한 번씩은 들어 봤다던 시 「풀꽃」의 저자가 우리 학교로 찾아오신다니, 저 하늘 끝까지 날아갈 정도로 기분이 좋았다.

우리 반 담임 선생님께서는 다른 국어 선생님들과 달리 자신이 추천하는 책을 우리에게 매번 나눠 주시는데, 이번에 주신 책은 나태주 시인의 『꽃을 보듯 너를 본다』였다. 선생님께서는 우리들에게 3학년 2학기 중간고사 끝난 기념으로 주는 선물이라 하셨다.

솔직히 처음에는 기대를 거의 안 했다. 그런데 이게 웬걸? 내 마음 하나하나 건드리는 시들이 정말 넘쳐났다. 나도 다른 사람의 마음 하나하나 적시는 글을 쓰는 사람이 되고 싶은데, 딱 이 시집인 것 같아서 정말 마음에 꼭 들었다.

특히 그중에서도 가장 마음에 드는 시는 바로 「산수유꽃 진 자리」이다. 이 시는 시집을 선물 받고 시간이 꽤 지나서 알게 되었다. 학교 독서토론

부에서 맘에 드는 나태주 님의 시를 시화로 표현하고 감상문을 쓰는 시간이 있어서 꼼꼼히 시집을 감상하다가 처음으로 본 시다.

이 시는 첫 구절만으로 나를 시 속으로 이끌었다. '사랑한다, 나는 사랑을 가졌다'. 이 구절이 무언가 기쁘게 느껴지기도 하면서 애달프고 슬프게도 느껴졌다. 사랑과 관련된 말이 이렇게도 기쁘면서 슬픈 건 처음이었다. 그런데 이 표현의 슬픔은 뒤에 오는 구절들이 한몫한 것 같다.

사랑을 가졌지만, 누군가에게 말을 해 주긴 해야 할 것 같은데 '마음 놓고 말해줄 사람 없어/ 산수유꽃 옆에 와 무심히 중얼거린 소리'. 이 부분에서 마음이 찡하고 코끝도 찡했다. 마음 놓고 말을 할 사람이 그렇게 단 한 사람도 없었나 하는 안타까움이 들기도 하고, 산수유꽃에게나 중얼거리며 알려 준 게 귀엽기도 하고.

그런데 이 시를 계속 되새길수록 의문점이 생긴다. '왜 사랑하는 걸 마음 놓고 말할 수가 없었을까? 왜 중얼거린 그 소리 산수유꽃이 외워두었다 굳이 햇빛이랑 산새에게 들려주고 시냇물한테까지 들려준 거지? 왜 굳이 그 수많은 꽃들 중에서 산수유꽃일까?'

별의별 온갖 잡다한 생각과 궁금증들이 생겼다. 난 결국 이 궁금증들을 다 풀지 못하고 나태주 시인 초청 강연 날까지 가지고 갔는데 다행스럽게도 Q&A 시간에 내 질문이 뽑혔다.

'노랗게 핀 산수유꽃이 무심코 중얼거린 소리를 외워두었다가 왜 따사로운 햇빛과 산새와 시냇물에게 이야기를 들려주었는지 이해가 안 간다.'라는 질문에 정말 명쾌하게 나태주 시인께서 대답해 주셨다.

"시는 이해하는 것이 아니라 마음으로 느끼는 거야." 그 순간 깨달았다. 평소에 시는 읽고 알기만 하는 것이 아니라 느끼고 감상하는 것이라 생각해 왔던 내가 이 시를 느끼지 못하고 이해하려고만 했다는 것을. 그런 내가 얼마나 부끄러웠는지 모른다.

평소 시를 쓸 때 항상 머리를 쥐어짜면서 썼는데 이제부턴 그때그때 영감이 올라오면 쓰기로 했다. 나태주 시인 초청 강연 이후 계속 그렇게 해 봤는데 확실히 전보다 시 쓰는 것이 많이 늘고 막히는 순간도 적어졌다. 이렇게 영감이 떠오를 때마다 시를 쓰다 보니 시도 연습인 것 같다는 생각을 하게 되었다. 처음 시를 쓸 때는 서툴고 어려웠는데 생각나는 것, 느껴지는 것들을 다양하게 표현하며 계속 쓰다 보면 점차 나만의 시가 만들어지는 게 보인다.

이렇게 시를 쓰다가 오랜만에 나태주 시인님께서 쓰신 시들과 시인님께서 선물해 주신 또 다른 시집 『사랑이여 조그만 사랑이여』를 감상하니 예전과 느낌이 달랐다. 예전에는 이해를 하려고 머리를 잡아 뜯었지만 이젠 마음으로 느낄 수 있게 된 것 같다.

이번 나태주 시인 초청 강연에서 나는 정말 많은 걸 얻었다. 머리가 아닌 마음으로 시를 느끼는 것도 배웠고, 시도 더 잘 쓰게 되어 정말 뿌듯하다. 중학교 생활을 마무리하며 나를 한걸음 더 성장하게 도와주신 나태주 시인님께 감사의 마음을 전하고 싶다. (2017.1.8)

좋다

나태주

좋아요
좋다고 하니까 나도 좋다.

독자를 이기는 길

시인과 독자가 힘겨루기를 하면 누가 이길까? 시인들 편에서는 자기들이 이길 것이라고 생각하겠지만 이것은 어림없는 망상에 지나지 않는다. 도대체 누구를 위한 시인가? 시인 자신만을 위한 것이라면 그것은 아무 쓸모도 없는 그 무엇일 따름이다.

세상의 모든 것들은 쓸모가 있어야만 존재가치가 있다. 쓸모가 있다는 것은 유용하다는 것이고 또 그것은 필요하다는 것이다. 아기가 엄마를 사랑하는 것조차도 엄마가 쓸모가 있기 때문이다. 그렇다. 사랑도 필요다. 이럴 바에 쓸모없는 시, 유용하지 않은 시가 어디에 발을 딛고 살겠다 그러겠는가.

단연코 시는 독자들의 마음 밭에서 뿌리 내려 사는 한 송이 꽃이거나 우거진 풀이거나 우뚝한 나무와 같은 것이다. 시인은 오직 이것을 알아야 한다. 그리하여 그들은 유명한 시인이 되려고 하지 말고 유용한 시인이 되도록 노력하여야 한다. 그럴 때만이 시인이 살아남는 것이고 독자와 힘 겨루기를 해서 이길 수 있는 것이다.

결국 독자를 이긴다는 것은 독자들이 시인의 손을 들어 준다는 말이다. 드디어 시인은 독자의 마음 바다에 도달해야 한다. 그리하여 시는 이 시대의 새로운 민요가 되어 도도히 출렁여야만 한다. 그럴 때만이 시인은 존재가치가 있고 살아남는 존재가 된다.

세상의 모든 것들은 허무한 것들이다. 바위에 이름을 새기고 공적을 새긴다 한들 그것은 시간 앞에 영원한 것이 되지 못한다. 이를 이기는 것은 인간의 영혼뿐이다. 인간 영혼의 가장 좋은 증거는 인간에게 언어가 있다는 것. 언어적인 자취는 쉽게 지워지지 않는다. 세대와 세대를 연결하면서 미래로 흐른다. 오래 살아남는다.

그 가운데서도 시의 형태로 된 문장은 인간과 인간의 가슴과 가슴을 건너면서 강물이 되어 출렁이며 언제까지고 살아남는다. 이것은 매우 놀라운 일이고 아름다운 축복이다. 그것이 바로 민요다. 시가 민요의 경지에까지 이르러야 하는 까닭이 여기에 있는 것이다.

하루의 늦은 시간이었다. 같은 경기도이지만 오전 중에 다른 학교 강의를 마치고 오후 7시부터 9시까지 강의하기로 약속된 학교였다. 경기도 용인의 서원고등학교. 정말로 늦은 시간이었지만 아이들과 선생님들이 아담한 강당에 빼꼭히 앉아서 기다리고 있었다. 힘겹게 찾아왔지만 이럴 때는 정말로 잘 왔구나 싶은 생각이 절로 든다.

강의는 쉽게 풀렸고 아이들은 잘 들어주고 공감해 주었다. 무엇보다 중요한 것은 소통이다. 이쪽의 마음을 재빠르게 쉽게 저쪽으로 전하고 저쪽의 느낌이나 생각을 또한 정확하게 받아들이는 노력이 필요하다. 그렇게만 되면 성공적으로 강의가 이루어지도록 되어 있다. 심지어 수능 시험을 본 3학년 아이들까지 와서 강의에 귀 기울임이 이쪽에서 오히려 감사한 마음이다.

아이에게 물었다/ 이담에 나 죽으면/ 찾아와 울어 줄 거지?// 아이는 대답 대신/ 눈물 고인 두 눈을 보여 주었다.
　- 나태주, 「꽃그늘」 전문

　몇 개의 시를 예로 들어 설명하고 있었다. 바로 위에 적은 「꽃그늘」이라는 시를 읽어 주면서 그 시의 배경을 설명해 주는 차례였다. "정말로 나에게는 그런 아이가 있었단다. 어느 날 그 아이에게 이다음에 내가 죽으면 찾아와 울어 줄 것이냐 물은 적이 있었지. 그런데 그 아이가 끝내 대답을 하지 않지 뭐냐."
　거기까지 얘기를 진행했는데 청중석 앞자리 왼쪽에 앉은 여학생 하나가 울고 있는 것인지 고개를 푹 떨구는 것이 보였다. 아, 저 아이가 나의 시와 통했구나. 저 아이가 시 속의 바로 그 아이가 되어 버리고 말았구나. 고개 숙인 아이의 긴 생머리를 옆 자리에 앉은 또 다른 아이가 쓸어 주면서 토닥이고 있었다. 그 아이 또한 친구의 마음과 통하고 있었다.
　이런 경우는 결코 쉬운 것이 아니다. 이담에 정말로 내가 죽어 세상에 없는 날에도 저 아이들은 오늘의 나와 나의 시를 충분히 기억해 줄 것이다. 그러므로 나는 죽어도 죽지 않는 목숨이 되는 것이고 나의 시 또한 살아서 숨 쉬는 글이 될 것이다. 이것이 진정 시인이 독자를 이기는 유일한 길, 그 방법인 것이다.

나태주 시인님

이경빈 경기 용인서원고등학교 3학년

학교 벽에 붙은 나태주 시인님과의 만남에 대한 포스터를 보고 많은 것을 얻을 수 있는 좋은 경험이 될 것 같다는 생각이 들었다. 평소 「풀꽃」이라는 유명한 시를 알고 있었는데 그걸 쓰신 시인님과 만날 수 있다고 하니 정말 기대되었다. 나태주 시인님을 만나기 전에 시집을 받아 그것을 읽어 보았다. 거의 사랑과 관련된 시가 많았다.

하지만 사랑이라는 같은 소재라 해도 시마다 정말 다른 느낌을 받을 수 있었다. 사랑뿐만 아니라 위로를 받을 수 있는 시들도 많았다. 특히, 고르기 어려웠지만 시 중에 제일 기억에 남는 시는 「못난이 인형」, 「꽃그늘」 그리고 「혼자서」라는 시였다. 「못난이 인형」이라는 시는 사랑하기 때문에 못났지만 귀여워 보이고 금방이라도 울음을 터뜨릴 것 같지만 그래도 사랑한다는 내용이다. 이 시를 보면서 그 큰 사랑을 받는 사람도 부러웠고, 사랑은 모든 단점을 다 덮어 주는 대단한 것이라는 생각이 들었다. 두 번째로 「꽃그늘」은 읽으면서 정말 위로를 받았고 감동을 받은 시이다. '이 담에 나 죽으면 찾아와 울어 줄 거지?'라는 구절이 마음이 아팠다. 왜 마음이 아팠는지는 잘 모르겠지만 아마 죽었는데 찾아와서 울어 준다는 사람이 있는 것은 정말 행복할 것 같기 때문이다. 마지막으로는「혼자서」라는 시를 읽었다. 지금 고3이 된 학생으로서 나의 꿈을 이루기 위해 노력을 하다 보면 매우 지치고 힘들 때가 많다. 하지만 이 시를 읽고서 '노력한 것은 대가가 있을 거야. 조금만 더 힘내자.'라는 생각이 들었고 지금 내 상황을 위로해 주는 시 같아서 기억에 남았다. 나태주 시인님의 시는 머리가 복잡하고 생각이 많을 때 읽으면 해결책을 주는 것 같다.

강연 당일, 나태주 시인님을 만나기 위해 방과 후에 시청각실에 갔다. 처음에 나태주 시인님을 봤을 때는 역시 느낌이 남다르시구나 하는 생각이 들었다. 거의 1시간 동안 사인을 다 해 주고 나태주 시인님이 질문을 받으셨다. 나태주 시인님의 시는 사랑 이야기가 많았는데 그 주인공은 다 누구일지 제일 궁금했다. 시인님은 그 주인공들은 자신이 만났던 모든 사람이라고 하셨다. 그러면서 손만두 가게에서 직원들에게 시를 지어 준 경험도 얘기해 주셨다. 그걸 들으면서 시인님은 매일매일 시를 쓰신다는 생각이 들었다. 그리고 같은 뜻인데 듣기 좋고 보기 좋게 예쁜 단어를 사용하신다는 게 정말 신기했다. 어떤 단어로 얘기하느냐가 정말 중요하다고 느꼈고 나태주 시인님을 본받고 싶었다. 시인이셔서 감성이 풍부하셨고 아직 소년 같으신 모습이 행복해 보이셨고 보고 있는 나 또한 행복해졌다. 마지막으로 나태주 시인님이「꽃그늘」을 읊어 주셨을 때는 마음이 치유가 되는 기분이었다. 나태주 시인님과 만나지 못했다면 후회했을 것 같다. 처음 포스터를 봤을 때 좋은 경험이 될 것 같다는 생각이 맞았고 잊을 수 없는 시간이었다. 앞으로도 나태주 시인님이 시집을 내 주셔서 나와 같은 많은 사람들에게 행복을 주고 위로를 해 주셨으면 좋겠다. 나태주 시인님이 서원고등학교에서 만남을 가져 주시고 좋은 경험을 남겨 주셔서 정말 감사했다. (2017.1.7)

따뜻하고 부드러운 힘

조현진 경기 용인 서원고등학교 3학년

*『꽃을 보듯 너를 본다』에 대하여

『꽃을 보듯 너를 본다』라는 시집은 제목부터 너무 좋았다. 내가 다른 사람들로부터 사랑받는 듯한 느낌을 주었다. 이 시집은 공부와 인간관계 등으로 지치고 힘든 마음을 위로해 주고 마치 어린아이의 미소같이 순수하게 나를 치유해 주었다. 대부분 짧은 시였지만 감동은 크게 다가왔고 무엇보다 마음이 치유되는 느낌을 강하게 받았다.

*시인과의 만남에 대하여

나태주 시인님을 만나 뵐 수 있는 기회는 꿈만 같았다. 나는 시인님을 중학교 때 드라마 '학교 2013'에 나온 「풀꽃」이란 시를 통해 이미 알고 있었다. 「풀꽃」은 교과서에 나오는 딱딱하고 형식적인 시만 공부하던 나에게 신선한 충격을 주었다. 그때부터 인터넷을 통해 나태주 시인님의 시들을 찾아보면서 따뜻한 감동을 받곤 했다.

지금까지 멀게만 느껴졌던 시인님께서 먼 우리 학교까지 찾아와 해 주신 좋은 말씀과 조언, 그리고 시에 대한 이야기는 포근한 위로였다. 강의가 끝날 때쯤 우리의 만남이 처음이자 마지막일지도 모른다는 말씀에 나도 모르게 눈물이 났다. 그중에 아쉬움이 제일 컸으며 나머지는 따뜻하고 부드러운 말씀에 대한 감사함이었다. 시인님과의 만남을 통해서 세상을 살아가는 따뜻하고 부드러운 힘을 가질 수 있었다.

시인님
좋은 시
만나게 해 주셔서 감사드리고
건강하셔서
오래오래
좋은 글 써 주세요.
(2017.1.16)

한 사람 건너

나태주

한 사람 건너 한 사람
다시 한 사람 건너 또 한 사람

애기 보듯 너를 본다

찡그린 이마
앙다문 입술
무슨 마음 불편한 일이라도
있는 것이냐?

꽃을 보듯 너를 본다.

꽃을 보듯 너를 본다

처음부터 별반 기대를 하지 않았다. 그냥 책을 한번 내 보자 그랬고, 지금까지 내던 책의 스타일을 좀 바꾸어 책을 내 보자 그랬다. 첫째는 인터넷의 블로그나 카페, 트위터에 자주 오르내리는 나의 시 가운데서 시를 골랐다. 그리고 시집의 이름 위에 '인터넷 시집'이란 말을 더 넣었다. 인터넷에 자주 오르내린 시라는 뜻으로 그런 것이다.

그리고 나의 그림을 삽화로 넣었다. 이 그림들은 내가 틈틈이 시화 작품을 만들 때 그려 넣던 그림인데 모두가 어설픈 아마추어 수준이다. 그래도 색상이 화사해서 그것으로나 승부 삼아서 시의 내용이나 분위기와 연결시켜 시와 시 사이에 넣었다. 그리고는 평소 내가 좋아하던 윤문영 화백의 그림 세 장을 간지로 넣어 멋을 부렸다.

책을 내자고 그랬을 때 출판사 쪽에서 선뜻 제안을 받아들인 것은 아니다. 책의 페이지가 많고 그림까지 컬러로 처리해야 되는 관계로 비용이

든다고 꺼리는 눈치였다. 그래도 나는 책의 출간을 강행했다. 책이 잘 안 팔리면 내가 좀 소비해 주마 그랬다. 그러면서 책값까지 1만 원을 넘으면 안 된다 요구했다.

이래저래 출판사에서는 기대를 하지 않았던 책이다. 그런데 그 책이 나가기 시작했다. 처음 책을 찍은 것이 2015년 6월인데 1년 만에 3만 부가 훌쩍 팔렸다. 강연장에 나가도 이 책을 가장 많이 들고 와 사인해 달라고 한다. 출판사에서도 놀랐고 나도 놀랐다. 급기야는 2016년 11월 시집 분야 베스트셀러 1위에 올랐고 그 바람에 다시 1만 부를 찍어 4만 부를 찍게 되었다.

내 생애 처음 있는 일이고 나의 책으로서도 처음 있는 일이다. 30여 년 전 나의 시집 『사랑이여 조그만 사랑이여』란 책이 3만 부를 찍은 적이 있다. 그러나 그때는 10년 동안에 3만 부가 나간 것이다. 이번과 같이 1년 동안 단기간에 이룬 성과가 아니다.

그러면 왜 이 시집만 유독 잘 팔리는 것일까? 내가 처음 예상했던 대로 독자들이 좋아하는 시들만 골라 실어서 그랬을까? 또 시집 안에 그림이 들어가서 그랬을까? 나의 시가 읽기 편해서 그랬을까? 그런 것들이 모두 요인이 될 수도 있을 것이다. 그런 가운데 나는 시집의 제목에 주목하고 싶다.

시집 제목이 '꽃을 보듯 너를 본다'이다. 우리가 꽃을 볼 때 어떻게 보나? 발길로 한 번 차면서 보고 손으로 때리면서 보나? 아니면 날카로운 눈길로 꼬나보나? 아니다. 그렇지 않다. 꽃을 볼 때는 오로지 그윽한 눈길로 부드러운 눈길로 사랑스런 마음 한가지로 본다.

지금 우리는 다시금 그렇게 꽃을 보듯이 상대방을 보고 싶고 나 또한 다른 사람들로부터 꽃을 보듯이 보아 달라고 요구하고 싶은 마음인 것이다. 요는 사랑하는 마음이다. 사랑하는 마음은 이쪽의 마음이나 주장만을 저쪽에게 강요하거나 요구하는 마음이 아니다. 이쪽의 자리만 높이고 저쪽의 자리는 내리는 그런 태도도 아니다.

오히려 이쪽의 자리를 낮출 만큼 낮추고 저쪽의 자리를 높이고 저쪽을 존중하는 것이 사랑의 태도다. 저쪽을 충분히 존중하면서 내 편에서 겸손해지고 한없이 부드러워지는 마음이 사랑의 마음이다. 갑과 을을 따질 때 내가 을이 되고 저쪽을 갑으로 모시는 마음이 사랑의 마음이다.

우리가 구름을 사랑한다고 그럴 때 구름을 마땅히 나의 주인으로 모시는 마음이어야 한다. 그것이 그러할 때 구름도 흘러가다가 멈추어 서서 나를 그윽히 바라보면서 무언가 나에게 좋은 것을 주고 가지 않을까. 그것은 천지만물을 대할 때 모두 그러하고 이 세상 모든 사람들을 대할 때 모두 그렇지 않다고 볼 수가 없다. 그것이 진정 그러할 때 세상은 또다시 그윽하고 아름답고 평화롭지 않을 수 없는 일이다.

최근 예술인들의 이성에 대한 문제가 사회적 물의를 일으킨 바 있다. 이것도 사랑의 본질을 제대로 알지 못해서 그러한 것이다. 이것은 모든 사람에게 불행한 일이다. 사랑이 얼마나 좋은 것인가! 그렇게 좋은 사랑을 추행이나 폭행으로 바꾸는 일은 그 누구를 위해서도 좋은 일이 아니다. 사랑은 사랑이다. 사랑은 위대한 것이고 아름다운 것이다. 왜 사랑을 모독하는가.

사랑을 사랑의 자리에 되돌리자. 설레는 마음, 떨리는 마음을 되찾자. 어렸을 때 담 넘어 피아노 소리를 들으며 피아노 건반 위에서 춤추고 있을 가늘고도 새하얀 소녀의 손길을 상상하던 그날의 설레던 마음으로 돌아가자. 대충 이런 마음들이 나의 시집을 사게 하고 밤을 새워 시를 읽게 하는 것인지 모르겠다.

사랑은 언제나 서툴다

나태주

서툴지 않은 사랑은 이미
사랑이 아니다
어제 보고 오늘 보아도
서툴고 새로운 너의 얼굴

낯설지 않은 사랑은 이미
사랑이 아니다
금방 듣고 또 들어도
낯설고 새로운 너의 목소리

어디서 이 사람을 보았던가…
이 목소리 들었던가…
서툰 것만이 사랑이다
낯선 것만이 사랑이다

오늘도 너는 내 앞에서
다시 한 번 태어나고
오늘도 나는 네 앞에서
다시 한 번 죽는다.

첫사랑, 그리고 짝사랑

첫사랑이란 말은 마음을 설레게 한다. 마음을 아련하게 만든다. 나에게 첫사랑은 누구였을까? 언제였을까?

사실 첫사랑의 대상이 누구였으며 그 사랑이 언제 있었던 사랑이냐 하는 것은 별로 중요하지 않다. 생각해 보면 이 세상 모든 사랑은 첫사랑이다.

자꾸만 우리가 순서적인 조건이나 요소를 따져서 그렇지 우리가 겪는 모든 사랑은 첫사랑이다. 그 어떤 사랑도 두 번째 사랑이 아니고 최초의 사랑이란 말이다.

그러므로 첫사랑이란 말은 다시 한 번 우리들 마음을 설레게 한다. 마음을 아련하게 물들게 한다.

짝사랑이란 말은 또 우리들 마음을 아프게 한다. 깊은 우수에 젖게 만든다. 아하, 가슴 밑바닥으로부터 탄성이 터져 나오게 한다.

그렇지만 정말로 둘이서 완전하게 합의된 사랑이 있을 수 있을까? 한 사람과 또 한 사람이 사랑을 한다고 그럴 때, 그 두 사람이 서로 매양 마주 보고만 있으란 법은 없다.

때로는 엉뚱한 곳에 시선을 줄 수도 있고 그 가운데 한 사람은 또 다른 사람을 바라보고 있을 수도 있다. 그러므로 세상에는 그 어디에도 완전한 사랑은 없다. 모든 사랑은 짝사랑이라고 할 수 있다.

우리가 누군가를 사랑한다고 그래도 오로지 그 사람만을 사랑한다고 말하기는 어렵다. 오히려 내 마음속에 이미 들어와 있는 그 어떤 이미지나 기존 관념을 사랑한다고 말할 수도 있는 일이다.

그러니까 사랑의 대상이 나의 밖에 있는 그 누구가 아니라 나의 안에 이미 존재해 있는 그 무엇일 수도 있다는 얘기다. 오히려 자기 안에 있는 또 다른 자기를 사랑하는 것이 우리들 사랑인지도 모르는 일이다.

그처럼 이기적이고 이기적인 우리들. 좋다. 오늘은 이 세상 모든 사랑은 첫사랑이고 짝사랑이라고 말해 두자. 그렇게 말하고 나니 마음이 더 편해지고 더 가득해지는 느낌이다.

사랑. 그것은 여전히 정의하기 어려운 말이고 실체를 도무지 파악하기 어려운 우리들 마음속 깊숙이 숨어 있는 신비한 그 무엇, 비밀 같은 존재인지 모른다.

촉

나태주

무심히 지나치는
골목길

두껍고 단단한
아스팔트 각질을 비집고
솟아오르는
새싹의 촉을 본다

얼랄라
저 여리고
부드러운 것이!

한 개의 촉끝에
지구를 들어올리는
힘이 숨어 있다.

이것을 알아야 한다

이것을 알아야 한다. 이것을 잊지 말아야 한다. 이 세상 그 무엇도 둘이 없다는 사실. 이 세상 그 어떤 일도 두 번이 아니라는 사실.

연습이라고 해도 연습이라는 오직 하나만이 있는 것이다. 연습이라 이름 붙여진 하나만이 있는 것이다. 그러하다. 인생에는 연습이 없다. 연습이란 것이 없는 것이 또 인생이다. 오직 한 번뿐이고 오직 하나뿐이다.

그것이 인생이고 인간이다. 날마다 만나는 사람이라 해도 최초의 사람이고 최후의 사람이다. 그것은 아침에 잠 깨어 새롭게 만나는 아내나 남편이라 해도 그러하고 직장의 동료라 해도 그러하고 골목길에서 만나는 이웃이라 해도 그러하다.

우리들 만남은 그 어떤 만남이든지 최초의 만남이고 최후의 만남이다. 이다음에 우리 다시 만나자. 그렇게 말은 하지만 그 약속을 잘 지켜 내기는 참으로 어려운 일이다. 장소와 시간과 사람이 맞지 않기 때문이다.

혜리야. 언젠가 우리가 서울의 거리 이태원 인형가게에서 예쁜 인형들을 보면서 감탄하던 그날도 지상에서 최초의 것이고 최후의 것이었구나.

이래저래 인생은 또다시 기적과 같은 것이란다. 그것이 그러하다면 우리들 인생은 얼마나 놀라운 것이며 진저리 치도록 소중한 것이겠느냐! 기적, 그것이겠느냐!

인생을 묻는 소년에게

나태주

인생에서 중요한 것은
속도보다는 방향이다
방향이 잘못되고 속도만 빠를 때
그것은 오직 실패로 가는 빠른 길이다

일단 방향을 제대로 정하고
천천히 뚜벅뚜벅 소걸음으로 걸어서
나아갈 일이다
마음속에 굳은 신념을 지니고
천천히 천천히 앞으로 나아갈 일이다

그러다 보면 언젠가는
그대가 원하는 그대의 모습이
그대가 가는 길 앞에 나타나
웃는 얼굴로 그대를 맞아줄 것이다
그야말로 그것은 시간문제다

그런데 사람들은 흔히
방향을 잘못 정하고
속도를 빠르게 하거나
방향을 제대로 잡고서도
가는 길이 못 미더워 지레
그 방향을 바꾸려 한다

소년이여 인생에서

속도보다는 방향이다

제대로 된 방향을 믿고

천천히 천천히 네 앞길을 열라

안개 자욱한 들관이

조금씩 밝아옴을 그대는 볼 것이다.

어른들이 정신 차릴 때

여러 군데 학교를 다니며 여러 급의 학생들을 만나고 선생님들도 만난다. 초등학교에서 중등학교, 대학교까지. 고등학교, 대학교 학생들이 힘들다는 것은 알겠는데 중학교, 초등학교 아이들까지 힘들다고 말하는 것은 이해가 잘 가지 않는 일이다.

왜 그럴까? 그 원인이 어른들한테 있는 것 같다. 어른들의 지나친 요구와 기대가 숨어 있어서 그런 것 같다. 부모들이 그렇고 선생님들이 그렇고 또 사회 전체가 그러하다. 아이들을 아이들대로 놔두지 않고 무언가를 하도록 끝없이 요구하고 다그친다.

예전에 읽은 일이 있는 한 편의 우화 생각이 난다. 조그만 동산에 여러 동물들이 모여 살았는데 어느 날 일제히 한곳으로 달리기 시작했다고 한다. 동물의 제왕인 사자가 그 원인을 알아보았더니 겁 많은 토끼가 야자나무 아래서 낮잠을 자다가 야자열매 하나가 떨어지는 소리에 놀라 뛰어

가는 바람에 동산에 사는 모든 동물들이 덩달아 뛰었다는 것이다.

지금 우리가 그 꼴이다. 우리는 너무나 남의 눈치를 살피고 남처럼 살려고 노력한다. 나처럼 사는 인생은 없고 오직 남처럼 살려고만 그런다. 남의 집 아이가 하니까 우리 집 아이도 해야 한다는 것이 오늘날의 부모들이다. 남의 아이들 축에 빠지면 큰일 나는 줄 안다.

그러니 부모들도 고달프고 아이들도 힘들 수밖에 없는 일이다. 도무지 아이들한테 여유의 시간을 주지 않는다. 무엇이든지 가득 채워져 있다. 완벽하지 않으면 못 견딘다. 아니다. 넘쳐야만 한다. 지나쳐야만 안심이다. 정말 이래서 되겠는가? 아이들 생각은 하지 않는다.

어느 초등학교 선생님한테서 요즘 초등학교 학생들은 호기심이 없다는 말을 들었다. 의욕도 많이 부족하다는 말을 들었다. 왜 그러느냐고 물었더니 어른들이 너무 많은 것을 알려 주고 시청각 매체가 너무 많은 것을 알려 주어서 그렇다고 한다. 이거야 말로 큰일이지 싶다.

아이들에게도 좀 여유를 주었으면 싶다. 그들 나름대로 문제를 생각하고 해결하도록 기회를 주었으면 싶다. 지난번 논산중학교에 강의하러 갔을 때의 일이 생각난다. 마침 청중은 2학년 남학생들. 그런데 그들의 수강 태도가 너무나도 진지했다. 강의가 끝난 다음, 교장 선생님에게 알아보았다. 교장 선생님의 답변 속에 이 나라 교육문제 해결의 실마리가 들어 있었다.

"본래 저희 학교에는 축구부가 있어서 운동장을 축구 선수들이 독차지했었습니다. 그런데 그 축구부를 해체하고 운동장을 아이들에게 돌려주었습니다. 그랬더니 아이들이 저렇게 유순해지고 착해지고 조용해진 것입니다."

학업 성취도로서는 우리나라 학생들이 OECD 국가 가운데 최고 수준이라고 한다. 그러나 유럽 사람들은 그것이 그렇다 해도 한국의 어른들처럼 자기네 아이들을 기르고 싶지는 않다고 말한다 한다. 우리는 아이들을 어른처럼 기르고 있는 데 비하여 그들은 아이들을 아이들처럼 기르고 있기 때문에 그런 것이다.

오늘날 우리나라 아이들보다는 어른들에게 더 큰 문제가 있다. 자기들은 제대로 하지 않으면서 아이들한테만 제대로 하라고 주장하고 요구하는 어른들한테 문제가 있다. 가정에서도 그렇다. 부모는 거실에서 티브이를 보고 있으면서 아이들더러만 티브이를 보지 말라고 해서 되겠는가.

아이들은 어른들이 말로 시키는 대로는 하지 않고 어른들이 행동으로 하는 대로는 한다는 말이 있다. 여기서 언사言師와 신사身師란 말이 나오기도 했다. 언사란 말로만 가르치는 선생님이고 신사란 행동으로 가르치는 선생님을 뜻한다.

어른들이 달라지고 정신 차릴 때 아이들도 달라지고 정신 차린다. 아이들 탓만 할 일이 아니다. 어른들이 모범을 보여야 한다. 그러지 않고서는 가능성이 없다. 어른들이 보다 많이 공부하고 고민하고 노력하는 모습을 보여야 한다.

공주에서 고속버스를 타고 서울을 오르내리다 보면 상행선 서울 요금소 지나서 얼마 가지 않아서 왼쪽으로 김양재 목사가 시무하는 '우리들교회'란 이름의 교회가 나온다. 그 교회 건물 벽에 오랫동안 이런 문구가 걸려 있던 것을 본 일이 있다. '문제아는 없고 문제부모만 있습니다.' 진정 지금은 어른들, 지위가 높은 사람들, 많이 배운 사람들, 잘사는 사람들, 부모님들이 보다 많이 정신을 차릴 때라고 생각한다.

인생

라이너 마리아 릴케

인생을 꼭 이해해야 할 필요는 없다.

인생은 축제와 같은 것.

하루하루를 일어나는 그대로 살아나가라.

바람이 불 때 흩어지는 꽃잎을 줍는 아이들은

그 꽃잎들을 모아둘 생각은 하지 않는다.

꽃잎을 줍는 순간을 즐기고

그 순간에 만족하면 그뿐.

시 읽기

학교에서 학생들에게 문학 강연을 하다 보면 자연스럽게 시에 대한 이야기가 나오고 시의 감상에 대해서도 이야기가 나온다. 요점을 말한다면 시 읽기가 '따지며 읽기'냐 '느끼며 읽기'냐이다.

따지며 읽기는 분석적인 읽기요 이성적인 읽기다. 우리가 현실생활이나 학교교육 현장에서 가장 좋아하는 방법이다. 과학자나 수학자들이 하는 것처럼 대상을 뜯어보고 내용을 살펴 확인하고 증명하고 검증을 하는 방법이 바로 따지며 읽기이다. 현실적인 효용성이 높고 결과가 분명하다는 장점이 있다.

그러나 과연 시를 따지면서만 읽어야 할 것인가, 의문을 가져 본다. 실지로 중학생들에게 시 읽기에 대해서 질문해 보면 대뜸 느끼며 읽기입니다, 라고 답이 나온다. 그렇지만 고등학교 학생들에게 같은 질문을 던지면 머뭇거린다.

왜인가? 그들 앞에 대학수학능력시험이 있기 때문이다. 아닌 게 아니라 고등학생들더러 시를 따지며 읽지 말고 느끼며 읽으라고 말하는 것은 수능시험 문제에 시가 나왔을 때 그 문제를 틀려도 좋다는 말과 같은 얘기가 된다.

이래서는 안 되지 않는가! 그래서 나는 어물어물 유보적으로 말한다. 대학수학능력시험을 볼 때까지는 따지며 시를 읽고 시험이 끝나거든 느끼면서 시를 읽어 달라고. 차라리 대학수학능력시험에 시의 문제를 출제해 주지 말았으면 좋겠다. 그것이 차라리 시를 살리는 길이다.

✳ ✳ ✳

시를 살필 때 생산자 개념, 소비자 개념으로 나누어 볼 수도 있겠다. 물론 시의 생산자는 시인이고 시의 소비자는 독자이다. 시 작품도 하나의 생산품이므로 소비자가 사 주어야만 생산자의 지속적인 생산이 가능할 일이다. 이러한 시의 생산과 소비 과정을 들여다보면 각각 시인과 독자의 연결고리가 나온다. 이것이 한편으로는 시의 감상과 이해에 도움을 주리라고 본다. 개인적인 생각을 바탕 삼아 살펴보면 이러하다.

－시인 영역－
세상→사람(인생/경험)→느낌→감흥→시상→언어(표현)→시 작품

－독자 영역－
시 작품→언어(이해)→동감→감동→위로(축복)→기쁨→평안→행복

희망은 한 마리 새

에밀리 디킨슨

희망은 한 마리 새

영혼 위에 걸터앉아

가사 없는 곡조로 노래하며

그칠 줄을 모른다.

모진 바람 속에서도

더욱 달콤한 소리

아무리 심한 폭풍도

많은 이의 가슴 따뜻이 보듬는

그 작은 새의 노래 멈추지 못하리.

나는 그 소리를

아주 추운 땅에서도

아주 낯선 바다에서도 들었다.

허나 아무리 절박해도

그건 내게 빵 한 조각 청하지 않았다.

글쓰기

   글쓰기는 인류의 가장 오래된 문화 형식이며 한 개인의 중요한 능력이다. 그것은 실용적인 기록으로 출발하며 인생의 모든 결과들을 저장하는 방법으로 사용되어 왔다. 나아가 글쓰기는 인격 수양의 한 단계로까지 승화되었으며 모든 인류의 유산은 오직 글쓰기로만 그 고귀한 유산을 남길 수 있었다.

   글쓰기 가운데 가장 아름다운 글쓰기는 문예적인 글쓰기로서 인간의 마음속에 생겨나고 사라지는 온갖 느낌이며 생각들을 문자로 붙잡아 두는 그런 글쓰다. 이러한 글쓰기의 기본은 일기 쓰기이며 이것은 자라서 시와 소설과 수필로 나누어진다.

   문예적 글쓰기는 예술의 범주에 포함되는데 시각으로 표현되는 미술이나 청각으로 표현되는 음악에 비하여 제약이 있고 본질적으로 불리한 조건 아래 놓여 있다. 그것은 글쓰기의 매체가 언어인 탓이며 그 언어는 인류끼리의 합의된 가치로서 하나의 상징체계를 지니기 때문이다.

초보적 글쓰기든 전문적 글쓰기든 글쓰기는 단순한 기록 작용에 머물지 않고 정신적 치유 기능을 지닌다. 일기 쓰기를 예로 들어 보아도 그렇다. 일기는 날마다의 일과를 기록하는 글이다. 일기를 씀으로 우리는 그날에 있었던 온갖 경험들을 글 안에 내려놓을 수 있다. 그리하여 일기 쓰기는 그날의 일들을 마음속으로 정리하고 편안히 잠자리에 들게 해 준다.

이렇게 글쓰기는 축복과 위로와 치유의 기능을 가졌다. 실지로 그것을 나는 절실하게 경험해 본 적이 있다. 2007년 오랜 병원 생활에서 퇴원, 집에서 정양靜養할 때의 일이다. 병원 생활을 소재로 한 권의 책을 쓰고 있었다. 아내가 만류했으나 나는 그 말을 듣지 않고 끝내 그 책을 완성했다. 그때 쓴 책의 이름은 『꽃을 던지다』.

글쓰기를 마친 뒤 나에게 놀라운 변화가 일어났다. 책을 끝냄으로 병원 생활을 하는 동안의 고통과 불안을 깡그리 잊을 수 있었던 것이다. 그러니까 그동안의 모든 고통과 불안들을 책 속에글 속에 부려 넣음으로 나의 내부 풍경이 깨끗해지고 마음의 상태가 가지런해진 것이다. 그렇게 글쓰기는 마음을 청소하는 기능을 가졌다.

이렇게 글쓰기를 통해 나는 충분히 마음이 가벼워졌는 데 비하여 아내는 여전히 병원 생활의 고통과 불안에서 헤어나지 못하고 있었다. 책이 출판되어 나왔을 때 나는 아내에게 내가 쓴 책을 한 번 읽어 보라고 권했다. 찬찬히 책을 읽고 난 뒤 아내도 병원 생활의 기억으로부터 조금씩 해방되는 것을 보았다.

그렇게 글쓰기는 대단한 해결 능력이 있다. 혜리야. 너도 앞으로 살아가다가 힘든 날이 있거든 글쓰기를 시도해 보기를 권한다. 여기서 글쓰기라고 해서 대단한 글쓰기는 아니다. 그것은 짧은 형식의 글이라고 해도 좋겠고 일기 쓰기라 해도 좋을 것이다. 글쓰기는 분명 너의 인생에 도움을 줄 것이라 믿는다.

11월

나태주

돌아가기엔 이미 너무 많이 와버렸고
버리기에는 차마 아까운 시간입니다

어디선가 서리 맞은 어린 장미 한 송이
피를 문 입술로 이쪽을 보고 있을 것만 같습니다

낮이 조금 더 짧아졌습니다
더욱 그대를 사랑해야 하겠습니다.

인생은 일인경기

오늘날 우리는 속도에 미쳐 있고 성과지상주의, 능률지상주의에 편향되어 있다. 뭐든지 빨리빨리 해치워야만 하고 수치로 계산해야만 마음이 놓이는 우리들이다. 그러다 보니 인격이니 정서니 가치니 예술, 아이들의 인성까지도 수치로 평가하려 든다.

이래서는 안 된다. 이래서는 큰일이 난다. 그래도 정작 잣대를 가진 사람들, 높은 자리에 있는 사람들, 실권자들, 수퍼바이저들은 눈 하나 끄떡하지 않고 그들의 잣대를 내려놓으려 하지 않는다. 오로지 다그치는 말은 더 빨리, 더 높게, 더 넓게이다.

그것은 인생의 길이 아니고 올림픽이나 월드컵의 길이다. 올림픽에는 메달만이 최상이다. 그것도 은메달, 동메달은 뒤로 처지고 금메달만이 으스대며 공항의 환영행사에 나설 뿐이다. 월드컵 경기 때에도 8강이나 4강에 들 때만 사람들은 환호한다.

이제금 우리들은 분명히 알아야 한다. 인생은 결단코 올림픽 경기도 아니고 월드컵 경기도 아니라는 것을. 오히려 인생은 일인경기다. 운동장을 뛴다고 할 때도 혼자서 뛰는 운동장이다. 그러니 자기 페이스에 맞도록 뛰면 되는 일이다.

학교교육 현장에서도 집단교육을 하고 집단평가를 하다 보니 어쩔 수 없이 1등, 2등 등위를 매기는 것이지 그것도 엄격하게 말해서는 일인경기와 같은 것이다. 학교의 문학 강연 때 아이들에게도 이런 말을 들려주면 너무나도 아이들이 좋아한다. 너무나도 마음 편하게 생각한다.

혜리야. 너의 인생은 오로지 너의 것. 너의 앞에 너의 초록빛 들판이 드넓게 펼쳐져 있다. 그 들판을 네가 뛰고 싶은 만큼 뛰고 네가 뛰고 싶은 방법대로 뛰기 바란다. 뛰다가 힘에 부치면 아무데나 주저앉아 쉬었다 가는 것이 좋겠지. 의외로 길면서 짧고 짧으면서도 긴 것이 인생이란다.

바라는 것

막스 헤르만

소란스러움과 서두름 속에서도
늘 평온함을 유지하기를
정적에 싸인 곳을 기억하기를

한때 소유했던 젊음의 것들을
우아하게 포기하고
세월의 충고에 겸허히 의지하기를

자신에게 온화하기를.

겨울이 오면 멀지 않은 봄

계절의 나팔수인 바람이여,

겨울이 오면 봄도 멀지 않으리.

이 시는 영국의 낭만파 시인 퍼시 셸리1792~1822의 「서풍부」란 장시의 마지막 구절이다. 다만 평범하여 마음에 잔물결을 일으키며 사라질 것 같은데 그와는 반대로 오랜 세월 잊혀지지 않고 뇌리에 남아 있는 시 구절이다.

왜인가? 인생의 소중한 교훈을 담고 있기 때문이다. 시의 내용은 계절에 대한 것이다. 계절이 바뀌는 것을 구체적으로 알려 주는 것은 바람이다. 바람의 방향이 바뀌고 바람의 온도와 세기가 달라지면 날씨가 변하고, 날씨가 변하면 계절마저 바뀌게 되어 있다.

그러기에 바람은 '계절의 나팔수'인 것이다. 계절이 바뀌는 신호를 보내 주는 존재이기에 그러하리라. 그러한 바람을 앞세워 시인은 겨울과 봄을 번갈아 말하고 있다. 겨울이 지나고 나면 뒤따라 봄이 온다는 것은 정해진 자연의 이치요 단순하고도 평범하며 일상적인 일이다. 누구나 다 아는 일이다.

그러나 그 평범함과 일상성이 우리에게 큰 의미로 다가올 때가 있다. 평범하지만 평범하지 않고 일상적인 일이지만 일상적이기만 하지 않은 것이다. 글 속에 삶에 대한 깨달음과 각성이 담겼기에 그러하다. 나름 인생의 교훈을 얻을 수 있겠기에 그러하다.

언뜻 읽기에 글의 표현은 쉽고 간결하다. 그렇지만 글에 포함된 내용과 의미는 원대하고 깊다. 그런데 이 시를 중학교 아이들에게 읽어 주고 설명해 주면 대번에 알아듣는다. 놀라운 일이다. 그걸 중학교 아이들이 이해를 한다. 마음으로 이해하고 접근하는 탓이다.

바람이 분다, 살아봐야겠다.

이 시는 프랑스의 현대시인 폴 발레리1871~1945의 「해변의 묘지」란 작품의 마지막 부분에 나오는 문장이다. 짧은 형식의 문장 두 개의 연속인데 그들 사이에 아무런 연결고리도 없다. 생뚱맞다. 말하자면 생략된 문장이나 내용이 있다. 그 간극間隙을 중학교 아이들이 알아차린다.

마음으로 시를 읽기 때문에 그런 것이다. 느낌의 손으로 시의 몸을 더듬기 때문에 가능한 일이다. 왜 바람이 부는데 옷깃을 여미든지 모자를 잡든지 방 안으로 들어가든지 하지 않고 '살아봐야겠다'고 말하는가. 이 또한 새로운 삶에 대한 각성이요 각오다. 다부진 태도다.

　이걸 중학교 학생들이 안다. 이 얼마나 아름답고 지극한 세계인가! 시인과 독자 사이에는 시라고 하는 강물이 놓여 있다. 그 강물을 건너는 방법에는 콘크리트 다리로 건너는 방법과 징검다리로 건너는 방법과 바람으로 건너는 방법 등 세 가지가 있을 수 있다.

　이 가운데 가장 좋은 방법은 바람으로 건너는 방법이다. 이것은 신비한 방법이며 영혼과 영혼의 소통이며 초월적인 그 어떤 세계이다. 이런 걸 중학생들이 안다는 건 역시 놀라운 일이다. 그들의 영혼이 그만큼 맑고 깨끗하며 감성적인 까닭에 그럴 것이다. 중학생 앞에 주어진 위의 두 시는 느끼며 시 읽기의 대표적인 예이다.

　중학생 시절 이런 시들을 가슴에 담고 성장한 사람은 이다음에 어른이 되어서도 인생의 고비마다 이 시들을 마음에 떠올리며 삶의 용기와 응원을 스스로 얻어낼 수 있을 것이다. 이 또한 지혜요 마음의 큰 재산이 아니겠는가.

삶이 그대를 속일지라도

알렉산드르 푸시킨

삶이 그대를 속일지라도
슬퍼하거나 노하지 말라!
설움의 날을 참고 견디면
머잖아 기쁨의 날이 오리니.

마음은 언제나 내일을 꿈꾸고
오늘은 우울하고 슬픈 것!
모든 것들은 한순간에 지나가고
지나간 것들은 또다시 그리워지나니.

민들레 홀씨처럼

어린 시절부터 보아 온 문장이다. 이름마저 낯선 외국인이었다. 푸시킨. 나중에 안 일이지만 러시아 사람이라고 했다. 주로 시골 이발소 벽에 걸려 있는 액자 속에 글과 시인의 이름이 들어 있었다. 액자 속의 그림은 조잡하고 촌스러웠다. 그래서 그런 걸까. 이 시만 생각하면 창문을 열어 놓은 여름철 시골 이발소가 떠오르고 좁은 창문 가득 파란 하늘이 떠오르고 거기에 두둥실 흘러가는 흰 구름마저 떠오른다.

지금 이발사 아저씨는 성업 중이다. 가죽 혁대 같은 것을 잡고 거기에 썩썩 면도칼을 문질러 간다. 그런 다음 비누에 물 묻힌 솔을 비벼 비누거품을 잔뜩 일으켜 의자에 누운 손님의 얼굴이며 턱에 비누거품을 문질러 댄다. 비누거품은 코와 눈만 빼놓고 얼굴 전체를 점령한다. 비누거품의 냄새가 상쾌하다. 하지만 진한 향기는 숨을 막히게도 한다. 그러거나 말거나 이발사는 연신 비누거품을 문질러 댄다.

비누거품 사이로 흰 구름이 겹쳐 보인다. 이발사가 면도를 하는 동안 손님은 말을 해서는 안 된다. 잔뜩 무료해진 손님은 창문 밖으로 보냈던 눈길을 거두어 실내의 벽을 살핀다. 거기에 액자가 하나 걸려 있고 액자 안에 글이 적혀 있다. '삶이 그대를 속일지라도/ 슬퍼하거나 노하지 말라!…' 하도 여러 차례 되풀이 읽는 바람에 손님은 아예 그 문장을 외워 버린다.

그렇게 남겨진 시가 바로 푸시킨의 「삶이 그대를 속일지라도」라는 작품이다. 인생론적이며 차라리 통속적이기까지 한 문장의 시. 더러는 새롭게 결혼한 신혼부부에게 선물로 사다 주는 싸구려 액자 속에도 이 글이 들어 있었다. 그들 또한 신방을 꾸리면서 여러 차례 그 글을 읽었으리라. 그리하여 그들도 외우는 유일한 문장이 되었을 것이다.

나보다 나이 젊은 사람들에게 이 시를 아느냐고 물은 적이 있다. 그런데 그들도 이 시를 알고 있다는 대답이었다. 어떻게 아느냐 그랬더니 그들이 학생시절에는 책받침이나 공책 표지에 자주 이 글이 올라와 있었고 도서관 벽에서도 보았다고 한다. 세대와 세대를 흐르며 영향을 준 문장이다. 한 줄의 문장이 갖는 놀라운 능력이다.

솔직히 말해서 이 글은 나에게도 최초로 읽은 시적인 문장이다. 시인을 꿈꾸면서 나도 이런 시를 쓰고 싶었던 것이 사실이다. 그래서 나의 시로 하여금 많은 사람들에게 읽히고 많은 사람들에게 위로와 감동을 주고 그랬으면 했다. 그것이 나의 시인으로서의 소망이었다. 이제 늙은 시인이 되어 나는 나의 시들에게 주문한다.

나의 시여. 나를 떠나서 멀리, 멀리까지 가거라. 될수록 민들레 홀씨처럼 가볍게, 가볍게 날아가서 보다 많은 사람들의 가슴에 아름다운 꽃씨가 되어 싹터라. 그리하여 내가 젊고 어렸던 시절 사는 일이 힘겹고 고달플 때 다리에 힘이 빠져 팍팍할 때 나에게 위로와 소망과 휴식을 주었던 문장들처럼 너희들도 그들에게 그런 일을 해 주어라.

그것이 진정 시의 본분이고 시인의 사명이다. 시란 것은 시를 잘 알고 지식수준이 높은 사람에게만 필요한 문장이 아니다. 오히려 시를 잘 알지 못하고 지식도 많지 않은 사람, 시에 별로 관심이 없는 사람에게까지 알려져야 하고 그들의 마음에도 위로와 축복이 되어 주어야만 진정한 시가 아니겠느냐. 나는 오히려 나에게 묻고 싶은 심정이다.

하늘은 지붕 위에

폴 베를렌

뭘 했니?
여기 이렇게 있는 너는
울고만 있는 너는
말해봐 뭘 했니?
여기 이렇게 있는 너는
네 젊음을 가지고 뭘 했니?

조그만 시인

언제부턴가 나는 그랬다. 그냥 시인이고 싶었다. 시인이 되고 싶었다. 마음의 답답함이 목마름이 아, 막막한 그리움이 한사코 나를 시인으로 내몰았다.

시인이 되어서도 그랬다. 유명한 시, 유명한 시인이기보다는 유용한 시인이고 싶었고 유용한 시를 쓰고 싶었다.

유용한 시, 유용한 시인이란 말할 것도 없이 나에게 필요한 시이고 나에게 필요한 시인이고 작으나마 남들한테도 도움이 되는 시, 도움이 되는 시인을 말한다.

사람들이 나의 시를 읽었을 때 가슴이 따뜻해지고 마음이 편안해지고 드디어 사는 일들까지 고요해지고 향기로워지는 것을 말한다. 위로가 있고 응원이 있고 축복이 있는 시를 말한다.

사람은 누구나 커다란 소리, 우렁찬 소리에 마음이 문을 열지 않는다.

열었다 하더라도 이내 문을 닫아 버린다. 오히려 밤 물소리, 미세한 소리, 머언 우레 소리에 마음을 주고 지레 마중을 나서기도 한다.

조금 욕심을 부린다면 나의 시를 읽는 사람들이 시를 읽으면서 자기의 인생 발자취를 돌아보고 조금쯤 각성을 가져 보는 일이다. 그 각성이 또 조그맣게 사람들에게 도움을 주고 그의 앞으로의 삶에 변화를 주는 일이다. 그것이면 충분하다.

그리하여 나의 시는 조그만 시. 나는 조그만 시인. 이것은 내가 살아서도 그러하고 죽어서도 그러할 터. 혜리야. 시는 그렇게 우렁찬 목소리가 아니란다. 허장성세가 아니란다. 다만 그것은 어둡고 추운 날 네 마음속에 켜 놓는 한 초롱 발그레한 불빛 같은 것일 뿐이란다.

내 젊음의 초상

헤르만 헤세

지금은 벌써 전설이 되어버린 먼 과거로부터
내 젊음의 초상이 나를 바라보며 묻는다.
지난날 태양의 밝음으로부터
무엇이 반짝이고 무엇이 불타고 있는가를.

그때 내 앞에 비추어진 길은
나에게 많은 번민과 밤과
커다란 변화를 가져왔다.
나는 그 길을 두 번 다시 걷고 싶지 않다.

하지만 나는 내 길을 성실하게 걸어왔고
그 추억은 보배로운 것이었다.
잘못도 실패도 많았지만
나는 절대 그것을 후회하지 않는다.

괜찮다

옛날 어른들은 젊은 세대들에게 일렀다. 하루를 살더라도 자기가 한 일 가운데 세 가지 잘못한 일을 찾아내어 반성하라고. 그것이 일일삼성一日三省이다. 여기에 더하여 주마가편走馬加鞭이란 말은 더욱 심하다. '달리는 말더러 더 잘 달리라고 채찍질한다.'라는 뜻이다.

그러나 요즘 아이들한테는 그런 말이나 교육방법이 잘 통하지 않는다. 또 그렇게 해서도 안 된다고 본다. 오히려 그것을 바꾸어 일일삼찬一日三讚을 하자고 말하고 싶다. 하루에 자기가 한 일 가운데 세 가지씩을 골라서 칭찬하자는 말이다.

무엇을 칭찬할 것인가? 작은 일을 칭찬하자. 밥을 잘 먹은 일. 선생님 말씀을 잘 들은 일. 친구들과 싸우지 않은 일. 학교에 잘 온 일. 지금도 강연을 잘 듣고 있는 일. 그렇게 말하면 아이들은 오히려 더 내가 하는 말을 잘 들으려 한다. 이것이 아이들이고 이것이 인간의 본성이다.

오늘날 사람들은 충분히 지쳐 있고 힘들어하고 있다. 그것은 아이들도 마찬가지다. 무한경쟁에 내몰린 사람들이니 그럴 것이다. 어찌 지금도 숨 가쁘게 달리고 있는 사람들더러 더욱 잘 달리라고 요구한단 말인가.

지금 여기에 실패한 사람, 고난을 겪고 있는 사람이 있다고 하자. 그더러 왜 그랬느냐고 윽박지르는 것은 온당한 일이 아니다. 그렇다고 잘했다고 말하는 것도 비웃는 일밖에 되지 않으니 좋은 방법이 아니다. 그냥 '괜찮다'고 말하는 것이 가장 적절한 말일 것이다. 그것이 진정 그에게 위로가 되고 축복이 될 것이다.

2016년 맨부커상을 받은 소설가인 한강 씨는 본래 시인이었다. 그의 시에 「괜찮아」란 작품이 있다. 여성이자 엄마인 시인은 아기 키울 때의 일화를 이렇게 쓰고 있다.

태어난 지 두 달쯤 되는 아기가 이유도 모르게 울기만 할 때 젊은 엄마는 아기를 안고 방 안을 서성이며 '왜 그래. 왜 그래.'를 수없이 되뇌었으나 아기가 울음을 그치지 않았다 한다. 엄마의 눈물이 아기의 얼굴에 떨어져 아기의 눈물과 섞이는 지난한 날들을 보낸 어느 날, 엄마는 자신도 모르게 '괜찮아. 괜찮아.'라는 말을 되뇌었다고 한다. 물론 이것은 아기더러 들으라고 한 말이 아니고 엄마 자신에게 들려준 말이다.

서른 넘어서야 그렇게 알았다/ 내 안의 당신이 흐느낄 때/ 어떻게 해야 하는지/ 울부짖는 아이의 얼굴을 들여다보듯/ 짜디짠 거품 같은 눈물을 향해/ 괜찮아/ 왜 그래, 가 아니라/ 괜찮아./ 이제 괜찮아.

이것은 작품의 끝부분이다. 이 말을 받아 우리는 우리 자신한테도 그러하고 타인에게도 '괜찮다'는 말을 보다 많이 하면서 살아야 하지 않을까 싶다. '괜찮다 괜찮다, 다 괜찮다'. 이것은 오래전에 천상병 시인이 낸 산문집 제목이기도 하다. 다시금 그 말을 받아 우리 자신에게도 들려주자. 괜찮다. 괜찮다. 다 괜찮다. 오늘 우리는 충분히 괜찮은 사람들이고 우리의 하루는 괜찮은 하루였다. 그렇게 말하고 그렇게 생각하면 우리는 점점더 괜찮은 사람들이 될 것이다.

서울, 하이에나

나태주

결코 사냥하지 않는다

먹다 남긴 고기를 훔치고
썩은 고기도 마다하지 않는다
어찌 고기를 훔치는 발톱이
고독을 안다 하겠는가?
썩은 고기를 찢는 이빨이
슬픔을 어찌 안다고 말하겠는가?

딸아, 사냥하기 싫거든
차라리 서울서
굶다가 죽어라.

딸에게

딸아, 예전엔 그래도 가끔 너에게 편지글을 썼는데 요즘엔 통 그러지 못했구나. 날마다 번잡한 일에 밀리기도 하지만 직접 만나 이야기하거나 전화나 핸드폰 문자메시지로 의사소통을 하게 되니 굳이 편지글이란 형식을 빌릴 필요성을 느끼지 않았겠지. 그래도 중요한 것들, 마음의 이야기, 특히 감정적인 내용들은 글로서 남기는 것이 지속성도 있고 유리할 것 같아서 정말로 모처럼 너에게 글을 쓴다.

실상 글이란 것은 읽어야 할 특정한 상대방이 있다 해도 우선은 글을 쓰는 사람 자신을 위해서 쓰는 것이다. 글을 쓰면서 스스로 마음을 정리하거나 내려놓거나 다잡거나 결심하거나 그러기 위해서 쓴다. 그러니까 글의 일차적 효용이 글 쓰는 자신에게 있고 가장 우선적인 수혜자가 자신이란 것이지. 그렇다. 나는 나 자신을 위해서 이 글을 쓴다.

딸아. 아주 오래전 네가 우리에게로 왔을 때 우리 집은 매우 가난했고 우리 가족의 삶은 곤궁했다. 그렇지만 너는 어려서부터 예뻤고 영특했으며 부모의 말을 잘 들었고 학교생활도 잘했고 공부 또한 다른 애들한테 뒤지지 않게 잘했다. 그래서 너는 엄마와 아빠의 기쁨의 원천이었고 자랑의 일번 항목이었다. 마음속으로 '우리 딸!' 그런 다짐 같은 생각을 늘 놓지 않고 살았을 것이다.

엄마는 그러한 너를 생각하거나 바라볼 때마다 마음이 간질간질하다고 표현하곤 했단다. 그건 아빠한테도 마찬가지지. 네가 있어서 나는 세상의 그 어떤 예쁜 여자를 보아도 마음이 설레지 않았고 그 어떤 꽃을 보아도 너보다는 결코 예쁘지 않았단다. 그래, 나에게도 딸이 있다. 그런 생각을 하면 살아가기 힘든 날에도 용기가 생겼고 가슴이 펴졌고 다리에 힘이 주어졌다.

정말로 나에게 네가 없었다면 세상은 얼마나 썰렁하고 적막하고 답답한 세상이었을까. 너로 하여 나의 세상은 무채색의 세상에서 유채색의 세상으로 바뀐 것이란다. 실상은 딸도 이 세상 이성의 한 사람이지. 그러나 딸은 보통 이성과는 또 다른 이성이라고 볼 수 있고 이성 너머의 이성이라고 볼 수 있지. 바라만 보고 생각만 해도 좋은 이성.

딸아. 너를 생각하기만 하면 가슴속에 끝없이 흐르는 어떠한 미지의 강물을 느끼곤 했었지. 한 번도 가 보지 않은 나라의 하늘을 꿈꾸었고 그 하늘의 별이며 구름을 또한 내 것으로 할 수 있었지. 이것은 살아 있는 목숨의 축복. 딸을 통해서 아버지 된 사람들은 진정한 부성의 의미를 깨닫는다고 본다. 이 얼마나 고마운 일이겠느냐.

딸아. 맨발로 거실을 지나는 여자라 해도 너의 맨발과 너의 엄마의 맨발은 영판 다른 맨발이란다. 너의 엄마의 맨발이 그냥 사람의 맨발이고 아낙네의 맨발이라면 너의 맨발은 세상에는 다시없이 어여쁜 맨발이고 꽃송이 같은 맨발이란다. 세상이 바다라면 그 바다 위에 떠서 흐르는 흰 구름 같은 맨발이고 또 그것이 자그만 호수라면 호수 위에 뿌리 내리고 피어난 연꽃송이 같은 맨발이란다.

실상 딸은 누구나 아빠 된 사람에게는 현실이 아니고 하나의 환상이며 동경 같은 존재. 이제 너도 자랄 만큼 자라 성인이 되고 좋은 사람 만나 아내가 되고 이미 엄마가 된 지 오래구나. 공부 또한 하고 싶은 만큼 하여 대학에서 학생을 가르치는 선생이 되었구나. 그만큼 세월이 흐른 것인데 흐른 세월 뒤에 감사한 마음과 다행스런 마음이 겹치는구나.

아빠 또한 시 쓰는 사람으로서 모국어로 수없이 많은 시를 썼고 100권도 넘는 책을 내었으니 여한이 없는 인생이라 할 수 있을 것이다. 나이도 이제는 예부터 드문 나이라는 70을 넘겼으니 세상에 남을 날이 많지 않음을 느낀다. 언젠가 몸과 마음의 끈을 놓으면 이 세상을 떠나는 사람이 될 것이다. 생자필멸이라 했으니 그것은 누구도 피할 수 없는 일.

비록 그날이 온다 해도 딸아. 너무 슬퍼하지 말고 힘들어하지 말아라. 아빠에게는 아주 많은 양의 시가 있으니 아빠 대신 시들이 세상에 살아남아 숨 쉴 것이며 네가 있으니 또 너를 통해 아빠는 여전히 세상에 살아 있는 사람이 될 것이다. 부모와 자식이 무엇이겠느냐? 자식은 부모의 몸과 마음의 일부를 이어받아 부모 대신 계속해서 살아가는 사람으로서 자식이란다.

그렇지만 살아가다가 정말로 힘든 날이 있거나 숨이 막힐 것 같은 날이 있거든 하늘을 올려다보기 바란다. 거기 바람으로 흰 구름으로 달이나 별빛으로 아빠가 너를 내려다보고 있을 것이다. 그때 아빠를 가슴으로 맞아 생각해 주기 바란다. 길을 가다가 만나는 새소리 하나, 길가에 피어 있는 풀꽃 한 송이 속에도 아빠의 마음은 살아 있을 것이다.

인생은 누구에게나 힘들고 고달픈 것. 고난의 날들. 그러기에 서로의 위로가 필요하다. 도움이 필요하다. 아무리 힘든 날이라도 나보다 더 힘든 사람이 있다고 생각하거나 내 곁에 누군가가 함께 가는 사람이 있다고 생각하면 조금쯤 그 힘겨움과 고달픔은 가벼워질 것이다. 딸아, 어떠한 순간에도 네 곁에 아빠가 있고 엄마가 있다는 것을 잊지 말아라. 딸아. 고달픈 인생길, 끝까지 우리 함께 견디자.

오늘의 약속

나태주

덩치 큰 이야기, 무거운 이야기는 하지 않기로 해요

조그만 이야기, 가벼운 이야기만 하기로 해요

아침에 일어나 낯선 새 한 마리가 날아가는 것을 보았다든지

길을 가다 담장 너머 아이들 떠들며 노는 소리가 들려 잠시 발을 멈췄다든지

매미 소리가 하늘 속으로 강물을 만들며 흘러가는 것을 문득 느꼈다든지

그런 이야기들만 하기로 해요

남의 이야기, 세상 이야기는 하지 않기로 해요

우리들의 이야기, 서로의 이야기만 하기로 해요

지나간 밤 쉽게 잠이 오지 않아 애를 먹었다든지

하루 종일 보고픈 마음이 떠나지 않아 가슴이 뻐근했다든지

모처럼 갠 밤하늘 사이로 별 하나 찾아내어 숨겨놓은 소원을 빌었다든지

그런 이야기들만 하기로 해요

실은 우리들 이야기만 하기에도 시간이 많지 않은 걸 우리는 잘 알아요

그래요, 우리 멀리 떨어져 살면서도

오래 헤어져 살면서도 스스로

행복해지기로 해요

그게 오늘의 약속이에요.

우화, 날개돋이

30대 중반의 일이다. 저녁시간에 술을 마시거나 밤늦도록 책을 읽고 자고 일어난 다음날 아침은 늘 찌뿌둥했다. 전신이 나른하고 마음이 맑지 않았다. 그런 날 아침 나는 즐겨 약수터로 물을 뜨러 가곤 했다. 마침 여름방학을 맞아 집에서 며칠 쉬는 날이었다.

그날도 일락산 아래 해지게 마을의 약수터로 물을 뜨러 가는 길이었다. 약수터로 가려면 공주교육대학교 교정을 지나도록 되어 있다. 공주교육대학교는 나의 모교인 공주사범학교의 후신으로 늘 친근감이 있던 학교요 당시에 내가 근무하던 부속국민학교의 큰집과 같은 학교였다.

정문을 지나 대학의 뒤뜰 여러 그루의 벚나무가 우거진 부분을 지나고 있었다. 나무 아래에는 풀들이 자라 우거져 있었다. 신발에 이슬이 차였다. 주변을 살피면서 조심스레 앞으로 나가는데 벚나무 둥치에 무언가가 보였다. 그것은 놀랍게도 방금 우화羽化하고 있는 매미였다.

우화란 우리말로는 '날개돋이'다. 곤충의 번데기에서 날개 돋은 성충이 나오는 것을 말한다. 나비가 그 대표적인 예이고 하늘을 나는 매미 또한 여기에 속한다. 나는 눈빛을 반짝이며 그 번데기 옆으로 다가갔다. 난생 처음 보는 광경이었다.

번데기의 등껍질은 위아래 직선으로 날카롭게 터져 있었고 그 틈으로 매미는 막 머리를 내밀고 한쪽 날개를 내밀고 있는 참이었다. 그것은 매우 느리고 느린 동작이었다. 답답한 생각이 들어 나는 내밀고 있는 매미의 한쪽 날개를 손으로 꺼내 주었다. 그리고는 약수터가 있는 곳으로 향했다.

약수터에서 차례를 기다려 천천히 물을 받아 가지고 오던 길을 짚어 돌아오고 있었다. 조금 전 손으로 날개를 꺼내 준 매미 생각이 나서 벚나무 주변을 살폈다. 벚나무 둥치에는 매미 번데기의 껍질만 붙어 있을 뿐 매미는 보이지 않았다.

벌써 하늘로 날아갔나? 주변을 살피던 나의 눈에 매미가 들어왔다. 그것은 수풀 사이 땅바닥에서 기어 다니는 매미였다. 아니다. 그것은 날갯짓을 하고 있는 매미였다. 왜 매미가 땅바닥에서 푸덕이고 있지? 살펴보니 매미의 날개 크기가 달랐다.

아, 나는 그때 알아야만 했다. 그것은 내가 날개돋이를 하고 있는 매미의 한쪽 날개를 일부러 꺼내 준 것이 원인이었다. 그냥 저 스스로 우화하도록 놔뒀어야 하는 일이었다. 그걸 모르고 나비의 날개를 꺼내 준 내가 잘못한 것이다.

그렇게 해서 나는 그날 아침 매미의 우화를 방해했고 한 마리 매미를 제대로 살지 못하도록 만들고 말았다. 매우 미안한 일이다.

＊ ＊ ＊

이러한 경우는 외국의 학자에게도 있다. 영국의 생물학자로 앨프리드 러셀 월리스1823~1913란 사람이 있다. 그는 어느 날 자신의 연구실에서 고치에서 빠져나오려고 애쓰는 나방의 모습을 관찰하고 있었다.

나방은 바늘구멍만 한 구멍을 하나 뚫고 그 틈으로 나오기 위해 꼬박 한나절을 애쓰고 있었다. 그렇게 아주 힘든 시간을 보낸 후 번데기는 나방이 되어 나오더니 공중으로 날갯짓하며 날아갔다.

이렇게 힘들게 애쓰며 나오는 나방을 지켜보던 월리스는 이를 안쓰럽게 여긴 나머지, 나방이 쉽게 빠져나올 수 있도록 칼로 고치의 옆부분을 살짝 그어 주었다. 그 바람에 나방은 쉽게 고치에서 나올 수 있었다.

하지만 쉽게 고치에서 나온 나방은 무늬나 빛깔이 곱지 않았다. 그리고 몇 차례 힘없는 날갯짓을 하고는 그만 죽고 말았다. 좁은 구멍으로 안간힘을 쓰면서 나온 나방은 영롱한 빛깔의 날개를 가지고 공중으로 힘차게 날아갔는데 말이다.

이토록 모든 생명체에게는 그 나름대로의 고난이 있고 통과의례가 있다. 고난을 거쳐야만 빛나는 승리의 시간이 약속되도록 되어 있다. 우리가 왜 물을 먹고 싶은가? 목마름의 과정이 있기에 물을 마시고 싶은 마음이 생기는 것이고 물을 마심으로 그 시원함이 따르는 것이다.

아무런 노력이나 어려움 없이 인생의 성취나 성공을 얻고자 하는 사람은 매우 허황된 사람이다. 실패한 인생은 실패한 인생으로 끝나지 않는다. 실패한 인생도 소득은 있게 마련이다. 실패한 만큼 성공을 기약할 수 있는 것이 우리들 인생이다.

잃어버린 시

나태주

누구나 마음속에 어린아이 하나 살고 있지요. 눈이 맑고 귀가 밝은 아이. 작은 바람 하나에도 흔들리고 구름 한 쪽에도 울먹이고 붉은 꽃 한 점에도 화들짝 웃는 아이.

우리가 어린 시절 다니던 초등학교 운동장에 두고 온 아이입니다. 고향 떠나올 때 고향 집 초라한 마루 끝에 손사래 쳐 떼어놓고 온 바로 그 아이입니다.

그 아이 불러내야 합니다. 그 아이 손을 잡고 다시금 먼 길 떠나야 합니다. 그리하여 그 아이를 시켜 말을 하게 해야 합니다. 보는 것 듣는 것 생각하는 것 그 아이더러 대신 말하라 해야 합니다.

그것이 바로 당신의 시, 잃어버린 바로 그 시입니다. 다시금 찾아야할 우리들의 시입니다.

내 안의 아이

사람은 누구나 겉사람이 있고 속사람이 있다. 겉사람은 우리가 보는 그대로 육신을 지닌 사람이다. 세월 따라 변하고 늙고 출렁대는 사람이다. 조금은 지향 없는 사람이다. 거기에 반하여 속사람은 내 안에 마음과 정신과 영혼과 결합되어 있는 사람이다. 늙지 않는 사람이고 조금은 항구적인 사람이다.

당신이 남자이고 노인이라면 당신 안을 잠시 들여다보시라. 당신 안에 소년으로서의 당신과 청년, 중년의 당신이 공존해 있어서 학생, 직장인, 남편, 아버지인 당신이 있음을 볼 것이다. 당신이 만약 중년의 여성이라면 역시 당신 안을 좀 들여다보시라. 당신 안에 소녀로서의 당신과 처녀로서의 당신, 신혼 시절의 당신, 엄마가 된 당신이 골고루 살고 있음을 알 것이다.

그 가운데서 당신은 아이로서의 당신을 불러내야 한다. 그 아이가 수줍어서 선뜻 나오려고 하지 않으면 여러 차례 권하고 구슬려서 밖으로 데리고 나와야 한다. 그리하여 그 아이와 함께 동행을 하여야 한다. 그 아이더러 앞서서 가라고 그러고 그 아이더러 대신해서 보라고 그러고 말하라고 그래야 한다. 그렇게만 된다면 당신은 나이 든 사람, 늙은 사람이라 해도 젊은 사람이고 나아가 어린 사람이 된다.

그것은 진정 나이 든 사람이 젊게 어리게 사는 방법이고 시인이 나이 들어서도 계속해서 어린 마음으로 어린 사람의 시를 쓰는 길이다. 그러므로 시인은 늙지 않고 시인은 나중에 죽어서도 시와 더불어 죽지 않는 목숨이 된다. 김소월 선생이나 윤동주 선생이 그러하고 좋은 이름으로 기억되는 모든 시인들이 그러하다.

＊ ＊ ＊

내가 처음 문단에 나온 것은 1971년도. 내 나이 26세 때. 「대숲 아래서」라는 작품으로서였다. 그 작품이 발표되었을 때 많은 독자들이 나를 26세의 젊은이로 보아 주지 않고 40세쯤 되는 중년의 사람으로 보아 주었다.

아마도 당선된 시의 끝부분에 나오는 이런 구절 때문에 그랬을 것이다. '하기는 모두가 내 것만은 아닌 것도 아닌/ 이 가을,/ 저녁밥 일찍이 먹고/ 우물가에 산보 나온/ 달님만이 내 차지다./ 물에 빠져 머리칼 헹구는/ 달님만이 내 차지다.'

그러나 지금은 거꾸로 나의 시만을 읽은 독자는 내가 지금의 내 나이보다 훨씬 젊은 사람인 줄로만 안다. 강연장에 나가서 왜 그렇게 늙은 사람이냐고 항의 아닌 항의를 자주 들은 일이 있다. 30대나 40대 사람이 쓴 시인 줄 알았다는 것이다.

70대 늙은이의 마음과 40대 사람 마음의 그 간극을 무엇으로 채우나? 내 안에 있는 속사람, 어린아이가 나서서 그것을 채워 준 것이다. 시에 관한 한 나는 이렇게 인생을 거꾸로 산 사람이라 말할 수 있겠다.

＊ ＊ ＊

요즘 젊은 세대들은 자신의 겉사람만 가꾸지 속사람은 돌보지 않는 경향이 있다. 그러니 불행한 마음이 들고 불평과 불만이 많이 생기는 것이 아닌가 싶다. 결국 불행이니 행복이니 하는 것들도 마음속 아이가 시켜서 생겨나는 일들이다.

마음속 아이한테 문제가 생긴 것이 분명하다. 더 늦기 전에 마음속 아이한테 관심을 갖고 마음속 아이를 가꾸어야 한다. 혜리야. 너도 네 마음속의 아이를 자주 들여다보렴. 그리하여 너의 마음속 아이를 더욱 예쁘고 싱싱하게 가꾸어 가면서 살아가기 바란다.

두 번은 없다

비스와바 쉼보르스카

두 번은 없다. 지금도 그렇고
앞으로도 그럴 것이다. 그러므로 우리는
아무런 연습 없이 태어나서
아무런 훈련 없이 죽는다.

우리가, 세상이란 이름의 학교에서
가장 바보 같은 학생일지라도
여름에도 그렇고 겨울에도 그렇고
낙제란 없는 법.

반복되는 하루는 단 한 번도 없다.
두 번의 똑같은 밤은 없고,
두 번의 한결같은 입맞춤도 없고,
두 번의 동일한 눈빛도 없다.

나로도 여행

행선이 너무 멀고 험했다. 아득했다. 나로도. 말로만 듣던 고장 이름. 한국형 우주선을 발사한다고 그럴 때 언론을 통해 다만 들었던 이름이다. 그곳 나로도, 주소로는 전남 고흥군 동일면 백양리에 있는 백양중학교에서 강연을 하러 오란다. 시간도 오전의 시간.

당일에는 도저히 갈 수 없는 거리다. 하는 수 없이 전날에 출발하기로 했다. 이렇게 먼 거리, 그것도 1박 2일 코스는 아내를 동반하여 떠난다. 그날도 아내한테 말해서 같이 가 달라고 했다. 우리는 남도여행 삼아서 짐을 꾸리고 강연 예정일 전날 광주를 향해 길을 떠났다.

광주까지는 그런대로 익숙한 코스인데 거기서부터가 막막한 길이었다. 광주버스터미널에서 다시 고흥까지 가는 직행버스 표를 끊었다. 이미 날은 어둡고 버스 길은 굽은 길로 차멀미를 하는 아내한테 차멀미를 하기 딱 좋은 길이었다. 아니나 다를까. 아내가 차멀미를 하기 시작했다.

이럴 줄 알았다면 따라오지 않을 것을 괜히 왔다고 아내가 불평을 늘어놓았다. 고흥에 버스가 들어갔을 때 날은 완전히 어둡고 고흥 시내는 더욱 적막했다. 여행 가방을 들고 내렸을 때 선뜻 다가서는 낯선 여성이 있었다. 몸집이 자그만 젊은 여성이었다. '멀리까지 오셨습니다잉.' 전화로만 듣던 그 코맹맹이 목소리, 송영미 교사였다. 이 사람은 처음 본 사람한테도 자기의 청을 들어주도록 만드는 묘한 매력을 지닌 여성이다. 안 간다고 가기 어렵다고 이편에서 오히려 통사정을 했는데도 결국은 이 먼 곳까지 우리를 오도록 만든 바로 그 장본인이다.

미리 대기한 송영미 교사의 자동차로 이번에는 나로도를 향해서 출발했다. 다시 한 번 그 길은 까무룩 먼 길이었다. 아내는 더욱 심기가 좋지 않은 얼굴이었다. 나 혼자만 처음 만난 송영미 교사와 이말 저말 떠들면서 밤길을 나아갔다. 식사 자리가 마련된 식당에 들어섰을 때 두 사람의 남자가 대기하고 있었다. 그중에 한 사람이 이경훈이라는 사람. 이 사람은 나의 시와 내가 주인공으로 나오는, 윤문영 씨가 그림 그리고 글을 쓴 『풀꽃』 동화책을 여러 권 구입해서 주위사람들에게 나누어 주었다는 사람이다. 일테면 나태주 마니아다.

저녁 식사 자리는 그 이경훈 씨가 마련했다고 했다. 황송했다. 메뉴는 생선 요리인데 청정해역 고흥 바다에서 잡힌 자연산 해물로 상이 그들먹했다. 비로소 아내의 얼굴이 환하게 펴졌다. 조금 전까지만 해도 안 올 걸 그랬다고 투덜대더니만 이제는 따라오길 잘 했다고 너스레를 떤다. 사람 마음은 이렇게 가변적인 데가 있다. 많은 이야기와 함께 그날 저녁은 생전 처음으로 아주 맛있는 바다의 음식을 마음껏 먹을 수 있어서 좋았다.

내가 세상에 와서 세상 사람들로부터 받는 대접이 그렇게 융숭하다. 저녁 식사 뒤에 우리는 다시 자동차를 타고 숙소로 정해진 펜션 건물로 안내되었다. 어두운 밤이라 바깥 풍경을 볼 수는 없었지만 잠자리가 깔끔하고 방 안이 따뜻해서 좋았다. 목욕하는데 물이 기막히게 좋았다. 나로도는 이렇게 가는 곳마다 물이 좋다고 했다. 목욕물이 좋으니 아내가 좋아했을 것은 뻔한 노릇이다. 이 모두가 저녁 식사 자리를 마련한 이경훈 씨가 주선해 준 일이다. 공무원 생활을 하다가 사업을 하고 있다는 젊은 사람인데 처음 보는 우리한테 이렇게 잘 해 주어도 되는지 모르겠다는 생각으로 그날 밤 잠을 잘 잤다.

아침에 깨어서는 또 송영미 교사가 미리 말해 둔 대로 펜션 건물 앞에 있는 '하얀 노을'이라는 이름의 아주 예쁜 카페에 들러 준비된 아침 식사와 차를 마셨다. 메뉴는 조개로 쑨 죽. 커다란 사발에 담긴 죽인데 죽을 수저로 퍼 먹어도 먹어도 안에서 조개가 나왔다. 기분이 좋아진 나는 주인에게 종이를 청해 「풀꽃」 시를 한 장 써 주고 다시 그 집에 대한 시 한 편을 써 주었다. 상쾌한 아침. 아름답게 펼쳐진 고흥 앞바다가 창문 가득 우리에게 웃음을 보였다.

백양중학교는 오래된 학교로 기품이 있었고 시골 아이들은 성의 있게 강연에 임했다. 모두가 송영미 교사가 미리부터 준비하고 가르친 덕분. 강연을 하고 나오면서 학교 화단에서 동백꽃을 본 것이 기억이 남는다. 아주 건강하고 붉은 동백꽃이 반짝이는 이파리 사이에 피어서 웃고 있었던 것이다.

그렇게 훌쩍 나로도에 한 번 다녀왔을 뿐이다. 그런 뒤로도 가끔씩 송영미 교사와 이경훈 씨가 번갈아 전화를 주었다. 참 특별한 사람들이구나 싶었다. 그런데 그날 밤 우리와 함께 식사를 하고 나서 노총각 이경훈과 노처녀 송영미가 결혼을 약속했다고 한다. 그 먼 나로도까지 함께 문학 강연 온 우리 내외가 좋아 보여서 자기들도 그만 결혼하기로 일을 저질러 버렸다는 후일담이다.

결국은 그래서 내가 그 두 사람의 결혼식 주례를 서기 위해 다시금 순천까지 내려가야만 했고 아내 또한 동행해야만 했다. 아니다. 그 이전에 역시 송영미 교사가 전근 가서 가르친 아이들이 있는 과역중학교라는 데를 가서 문학 강연을 한 차례 더 하기도 했다. 이때에도 아내가 동행했음은 물론이다. 사람이 살면서 특별한 인연이 만들어지지만 송영미 교사와 우리와의 인연은 특별한 가운데 특별한 인연이라 말할 수 있을 것이다. 아마도 죽기 전에는 잊지 못하겠거니 싶다.

그곳에 가서/ 좋은 사람 하나/ 만났다// 그곳에 가서/ 좋은 아침 하나/ 보았다// 그런 뒤로 그곳은/ 안 잊히는/ 곳이 되었다// 그리운 곳/ 다시 가고 싶은/ 곳이 되었다.

- 나태주, 「그곳에 가서 - 나로도 '하얀 노을' 커피숍」 전문

별 헤는 밤

윤동주

계절이 지나가는 하늘에는
가을로 가득 차 있습니다.

나는 아무 걱정도 없이
가을 속의 별들을 다 헤일 듯합니다.

가슴속에 하나둘 새겨지는 별을
이제 다 못 헤는 것은
쉬이 아침이 오는 까닭이요,
내일 밤이 남은 까닭이요,
아직 나의 청춘이 다하지 않은 까닭입니다.

별 하나에 추억과

별 하나에 사랑과

별 하나에 쓸쓸함과

별 하나에 동경과

별 하나에 시와

별 하나에 어머니, 어머니,

어머님, 나는 별 하나에 아름다운 말 한마디씩 불러봅니다. 소학교 때 책상을 같이 했던 아이들의 이름과, 패, 경, 옥 이런 이국 소녀들의 이름과 벌써 애기 어머니 된 계집애들의 이름과, 가난한 이웃사람들의 이름과, 비둘기, 강아지, 토끼, 노루, 프랑시스 잠, 라이너 마리아 릴케, 이런 시인의 이름을 불러봅니다.

이네들은 너무나 멀리 있습니다.

별이 아스라이 멀듯이.

어머님,

그리고 당신은 멀리 북간도에 계십니다.

나는 무엇인지 그리워

이 많은 별빛이 내린 언덕 위에

내 이름자를 써 보고,

흙으로 덮어 버리었습니다.

딴은 밤을 새워 우는 벌레는

부끄러운 이름을 슬퍼하는 까닭입니다.

그러나 겨울이 지나고 나의 별에도 봄이 오면

무덤 위에 파란 잔디가 피어나듯이

내 이름자 묻힌 언덕 위에도

자랑처럼 풀이 무성할 거외다.

소년시인 김경원

연일 이어지는 원거리 강연 일정으로 한창 힘들게 지내던 지난해2016년 7월 1일이었다. 날마다 늦게 귀가를 해도 꼭 이메일을 열어서 무언가 확인해 보고 응대를 해 주어야 했기 때문에 그날도 힘겹게 돌아와 이메일을 열었다. 생면부지 뜻밖의 이메일 한 통이 와 있었다. 광주 조선대학교부속고등학교 안봄 교사.

문면이 솔직하고 깔끔하며 예의 발랐다. 사연과 함께 안봄 교사는 김경원이라는 학생의 시 55편까지를 첨부파일로 보내왔다. 아무리 바빠도 편지는 읽어야 했고 시는 또 살펴야 했다. 주문이 있었다. 김경원이라는 학생의 시에 무언가 평을 해 달라는 청이었다. 힘들지만 나는 그 시들을 읽고 제법 긴 평을 써 주었다. 어쩌면 편지를 쓰는 심정으로 그랬을 것이다.

그런 뒤 몇 차례 전화가 오고 가고 끝내는 그 김경원이라는 학생이 나를 찾아 공주풀꽃문학관을 방문하기도 했다. 그것은 7월 후반이었던가, 8월

초반이었던가, 그랬을 것이다. 중학교 2학년 때 심하게 왕따를 당해 스스로 죽음의 길을 택하려 했지만 나의 시 「풀꽃」을 읽고 마음을 돌리고 살았다는 김경원. 그보다도 지체장애 3등급의 장애아로서 세 살 때 부모에 의해 광주 버스터미널에 버려진 아이. 그런 뒤로는 재활원에서 생활하면서 고등학교까지 다녀 이제 졸업반이라는 김경원이다.

풀꽃문학관을 찾아온 경원이는 혼자가 아니었다. 안봄 교사와 함께 한 학년 아래인 2학년 학생들이 동행했고 거기다가 EBS 촬영팀까지 대동하고 왔다. 경원이를 촬영하여 프로그램으로 만든다 했다. 처음 만난 사이인데도 경원이는 매우 활달했고 친근감 있게 말을 잘하는 아이였다. 씩씩했다. 잘 웃었다. 그런데 악수를 해 보니 경원이의 손은 체구에 비해 월등히 크고 거칠었다. 힘겹게 살아온 내력을 손이 말해 주고 있었다.

그날은 그렇게 웃고 이야기하면서 사진도 찍고 헤어졌다. 다시 얼마 지나지 않아서 경원이로부터 책이 한 권 배달되어 왔다. 『세상에서 가장 값진 보석』. 안봄 교사의 말에 의하면 9월이 되면 대학 입학원서를 작성하는 철이어서 바쁘므로 서둘러 경원이의 시집을 만들었다고 한다. 친구들이 삽화를 그려 주고 사진작가가 사진을 찍어 주고 해서 만든 책이었다. 170페이지도 넘는 빵빵한 양이었다.

실은 이 책을 견본으로 삼아 미리 학교에서 출판기념회까지 마쳤다 했다. 그리고 또 특별한 일은 동급생 김재하라는 학생이 나서서 Daum에 '널 위해 우리는 별이 될 수 있을까?'란 제목으로 스토리펀딩을 설정, 출판기금으로 500만 원을 목표 삼았는데 무려 11,557,500원이 걷혔으며 후

원자가 755명이나 되었다고 한다. 놀라운 일이고 고마운 일이다. 세상은 아직도 이렇게 눈물과 인정이 마르지 않고 흐르고 있었다.

책을 어떻게 출판할 것인가, 안봄 교사에게 물었다. 광주의 인쇄소에서 만든 책이니 그냥 광주에서 내겠노라고 했다. 나는 그래서는 안 된다고 만류했다. 적어도 서울로 올라가야 이 책이 빛을 본다는 말과 함께 푸른 길출판사 김선기 사장을 연결시켜 주었다. 그렇게 해서 경원이의 시집은 애당초 만든 자료 그대로를 서울로 올려 보내어 10월에 1쇄가 나왔고 경원이의 기사는 여기저기로 퍼져 나갔다.

아무튼 잘된 일이다. 고마운 일이다. 어린 나이에 부모로부터 버림받은 아이가 주변 사람들의 도움으로 잘 자라서 소년문사가 되기도 하다니 이야말로 인간 승리의 결정판과 같은 일이다. 시집은 비교적 잘 나갔고 한 달 만에 2쇄를 찍었으며 많은 사람들의 호응을 받았다. 여러 기관과 단체에서 경원이를 돕겠다고 나섰다. 장애인을 돕는 어떤 협회의 한 인사는 경원이의 대학 등록금 전액을 대 주고 졸업 이후의 진로까지도 도와주겠노라 약속했다고 한다.

그 가운데에서도 특별한 인연은 미국에서 나왔다. 국내에서 나온 기사를 미주중앙일보가 옮겨 실었는데 그 기사를 읽고 뉴욕에서 사는 엘리자베스란 이름의 70세 교포 할머니가 경원이의 할머니가 되어 주시겠다며 수월찮은 금전적 지원까지 해 주면서 날마다 이메일을 보내어 경원이를 응원하고 걱정한다고 한다. 더욱 잘된 일이고 고마운 일이다.

이렇게 경원이가 주변 사람들의 도움을 받게 되는 데에는 경원이의 성격적 특성도 있다. 경원이는 매우 불우한 처지의 아이다. 그런데도 경원이는 미래에 대한 소망을 잃지 않고 매사에 긍정적으로 대하면서 주변 사람들과도 부드럽고 따뜻하게 지내며 소통하는 친화 능력을 가졌고 선한 품성을 지녔다. 이러한 경원이의 좋은 특성이 세상과 맞아떨어진 결과이다.

세상에는 그 어떤 것도 그냥 되는 일은 없고 우연은 별로 없다. 경원이가 대학에 들어가게 된 일만 해도 그렇다. 학력이 바닥인 경원이가 어떻게 대학에 들어갈 수 있었겠는가. 경원이는 친구들을 따라 편안한 심정으로 대학수학능력시험도 치렀다고 한다. 그것이 진정 그랬기에 경원이는 애완동물관리학과라는 특수한 대학의 학과에 진학을 하게 된 것이리라. 그야말로 '김경원 파이팅!'이다. 안봄 교사를 비롯하여 학교 선생님들과 급우들의 인내와 기도와 배려가 크게 도움을 주었으리라. 역시나 감사한 노릇이다.

아래에 경원이의 시 두 편을 옮겨 싣는다. 한 편은 엄마에 대한 시이다. 자기를 버리기까지 한 엄마인데 그러한 엄마를 마음 깊이 용서하고 보고 싶어하기까지 하는 어린 소년의 순연한 그리움을 읽을 수 있다. 또 한 편은 학급 친구를 위해서 쓴 글인데 이 글에서 경원이는 오히려 좋은 조건에 있으면서 공부도 잘하는 친구를 거꾸로 걱정하고 응원하고 있다. 이러한 김경원 군의 작품에 대해서 나는 그의 책 뒤에서 이렇게 글을 써 준 일이 있다.

더구나 김경원 군의 시들은 솔직하고 담백한 표현법을 가졌습니다. 세상에서 가장 좋은 힘은 정직함의 능력이고 솔직한 마음 그것입니다. 시에서는 이를 진정성이라고 말합니다. 그야말로 진정성 있는 시는 독자를 울리는 힘을 가졌습니다. 무어네, 무어네 그래도 시는 사람을 감동시켜야만 합니다. 감동시키는 데에는 진정성이 최고라는 말입니다.

- 김경원 시집『세상에서 가장 값진 보석』서평

아래에 김경원 군의 시 두 편과 안봄 교사로부터 온 편지 한 통을 옮겨 싣는다.

나에게 엄마란/ 부르기 가장 힘든 사람입니다// 나에게 엄마란/ 너무나도 미운 사람 중 한 사람입니다// 나에게 엄마란/ 이미 내 기억 속에서 사라져 버린 존재입니다// 나에게 엄마란/ 그 이름이 너무나도 어색하게만/ 느껴지는 사람 중 한 명입니다// 나에게 엄마란/ 정말 못된 사람 중 한 명입니다// 하지만/ 가끔 아주 가끔은/ 엄마라는 그 이름을/ 불러보고 싶을 때가 있습니다// 가끔은 엄마의 품에 안기어/ 울고 싶을 때도 있습니다// 가끔은 엄마를 원망할 때도 있었습니다// 또한 가끔은/ 엄마에게 들려드리지 못했던/ 이 말들을 들려드리고 싶었습니다// 엄마,/ 감사합니다/ 그리고 사랑합니다/ 그리고 보고 싶습니다.

- 김경원, 「엄마에게」 전문

힘들어 하는 너의 모습을 보니/ 나도 힘들고// 추욱 처져 있는 너의 어깨를 보니/ 내 어깨도 무거워진다// 울고 있는 너의 모습을 보니/ 나 또한 울고 싶고// 무슨 생각을 그렇게 하니 라고/ 한 마디만 건네고 싶지만// 그게 오히려 너에게/ 가시가 될 것 같아 말도 건네지 못하네// 힘들어 하는 너에게 / 위로가 되지 못하지만// 딱! 세 가지만 기억해/ 너는 나에게 소중하다는 사실// 내가 네 편이라는 사실/ 너는 행복하기 위해 태어난 사람이라는 사실을.

   - 김경원, 「힘들어 하는 너에게」 전문

나태주 선생님. 안녕하십니까? 처음 뵙겠습니다. 저는 광주 조대부고 교사 안봄입니다. 현재 고 3 담임이고 국어 과목을 가르치고 있습니다. 제 반에 지체 장애 3급의 김경원이란 학생이 있는데요. 언제나 저에게 시를 써서 가져와 보여 줍니다. 그래서 모인 시가 50여 편이 넘어서… 학급 아이들과 이야기한 끝에 경원이의 작은 시집을 내 주기로 했습니다. 근데 경원이가 나태주 선생님을 매우 좋아합니다. 그래서 혹시 경원이의 시를 읽으시고 격려의 짧은 글을 써 주실 수 있을까 하고 편지를 드려 봅니다. (연락처와 메일은 푸른길출판사에서 알게 되었습니다.) 경원이는 3살 때부터 지체 장애아동 시설에서 살았고요, 현재는 ○○재활원에서 살고 있습니다. 부모님은 두 분 다 돌아가셨고 혼자입니다. ○○재활원에 가 봤는데 한 방에서 4명이 같이 살고 있더라고요. 경원이가 가장 소중히 여기는 보물은 경원이가 받은 편지였습니다. 그 흔한 개인 장난감이나 개인 소유물이 전혀 없는 경원이를 보고 세상에서 하나밖에 없는 큰 보물을 학급 친구들과 선물해 주고 싶어서 시집을 만들 생각을 하였습니다. 아마 경원이 평생에 가장 큰 재산이 되지 않을까 합니다. 그리고 그 책에 경원이가 가장 좋아하는 나태주 시인님의 격려의 말이 있다면 얼마나 기뻐할까 생각이 들어 실례를 무릅쓰고 용기를 내어 편지를 쓰게 되었습니다. 경원이의 시는 수준이 높거나 그렇지 않습니다. 그냥 19세 소년다운 그러나 진솔한 시입니다.

바쁘신데 죄송합니다. 감사합니다.

소년시인 김경원

별꽃 - 김경원 군을 위하여

나태주

밤사이
초롱초롱
너를 생각하는 마음들

어둔 하늘
별이 되었다가
아침이면
초롱초롱
풀밭 위에 별이 되어
또다시 피었네

별
별꽃 같은 마음이여
오래오래 그 자리 피어 있거라
어두운 세상을 밝혀다오.

조금만 참자

내가 좋아하는 사람

나태주

내가 좋아하는 사람은
슬퍼할 일을 마땅히 슬퍼하고
괴로워할 일을 마땅히 괴로워하는 사람.

남의 앞에 섰을 때
교만하지 않고
남의 뒤에 섰을 때
비굴하지 않은 사람.

내가 좋아하는 사람은
미워할 것을 마땅히 미워하고
사랑할 것을 마땅히 사랑하는
그저 보통의 사람.

단품 요리로서의 시

혜리야. 그동안 내가 문학 강연을 다니며 시에 대해서 새롭게 해 본 생각들이 몇 가지 있다. 그 첫 번째 생각은 '시는 단품 요리다.'라는 것이다. 그렇다. 우리가 가끔 음식점에 가서 먹어 보기도 하지만 한정식은 여러 가지 음식을 구색 맞춰 늘어놓은 식단이다. 하지만 한정식은 딱히 먹을 만한 음식이 없다. 식사를 하고 나서도 별로 느낌이 남지도 않는다.

그러나 단품 요리는 먹을 때도 그렇지만 먹고 나서도 그 소감이 뚜렷하다. 우리들의 시도 한정식 요리보다는 단품 요리와 같아야 한다는 것이 나의 생각이다. 한정식 같은 시를 내놓을 때 독자들은 그 시인을 잘 기억하지 못할 것이다. 이것저것 늘어놓으며 조금은 현란하게, 여러 가지 주제로 시를 쓰게 되면 독자들은 어떤 것이 그 시인의 특징인지 잘 모를 것이기에 그렇다.

문제는 보다 질 높은 음식을 만들어 손님들 앞에 내놓으려는 주인의 노력이다. 그렇게 오랜 세월 애쓰고 노력할 때 언젠가는 손님들이 그 주인의 마음을 알게 될 것이고 자주 찾는 음식점이 될 것이다. 마찬가지로 시인도 평생을 두고 한 가지 주제나 소재만을 가지고 열심히 쓰고 질 높은 시를 내놓으려고 애를 쓸 때 그 시인은 독자의 사랑을 받을 것이다. 그래야만 독자들의 마음 바다에 살아남는 시와 시인이 될 것이다.

어쩌면 시인은 민족의 언어 가운데 일반명사보통명사 한두 개를 가져다가 시로 써서 자기의 언어로 만들고 고유명사로 바꾸는 작업을 하는 사람인지도 모른다. 한번 유명하다는 시인의 이름을 떠올리고 그 시인이 쓴 시를 한두 편씩 떠올려 보라. 만약에 선뜻 시의 제목이 떠오르면 그 시인은 성공한 시인이고 시의 제목이 떠오르지 않는다면 그 시인은 아직은 성공하지 못한 시인이다.

이것은 참으로 묘한 문제이고 시인들에겐 급하고도 중요한 일이다. 다시 한 번 말하지만 시인은 자기의 모국어 한두 개를 가지고 시를 써서 그 시로 하여 일반명사를 고유명사가 되도록 하는 사람이다. 그렇게 될 때 시인은 죽어도 죽지 않는 목숨이 된다. 평생을 두고 시를 쓰겠다는 시인들은 자기가 어떤 명사 하나를 가져다가 일반명사에서 고유명사로 바꾸어 다시 민족의 언어로 돌려보냈는지 자신의 작품을 돌아보고 살펴볼 일이다.

우리 시 문학사 가운데 굵은 자국을 남긴 시인들 이름과 그들 시인이 시로 써서 일반명사를 고유명사로 바꾼 예를 여기에 적어 보고자 한다. 혜리야, 네 생각과 어떻게 다른지 한번 비교해 보기 비란다.

*한용운→님

*김소월→진달래꽃/ 초혼

*이육사→광야/ 청포도

*이상화→빼앗긴 들(에도 봄은 오는가)

*김영랑→모란

*정지용→향수/ 호수

*신석정→촛불

*서정주→국화꽃/ 누님

*유치환→행복/ 깃발

*박목월→나그네/ 청노루

*조지훈→승무

*박두진→해

*윤동주→별/ 서시

*김춘수→꽃

*이형기→낙화

*박재삼→(울음이 타는) 가을강

*박용래→저녁눈

*천상병→귀천

*신동엽→금강/ 껍데기

*신경림→농무

너도 그러냐

나태주

나는 너 때문에 산다

밥을 먹어도
얼른 밥 먹고 너를 만나러 가야지
그러고
잠을 자도
얼른 날이 새어 너를 만나러 가야지
그런다

네가 곁에 있을 때는 왜
이리 시간이 빨리 가나 안타깝고
네가 없을 때는 왜
이리 시간이 더딘가 다시 안타깝다

멀리 길을 떠나도 너를 생각하며 떠나고
돌아올 때도 너를 생각하며 돌아온다
오늘도 나의 하루해는 너 때문에 떴다가
너 때문에 지는 해이다

너도 나처럼 그러냐?

시는 빙의다

　시인이 시를 쓸 때 가장 중요한 능력은 다른 사람이나 사물의 감정을 내 것으로 바꾸는 작업과 그 능력이다. 시적 대상의 감정적 에너지를 빌려 오거나 빼앗아 나의 것으로 만들어야 한다. 이것은 마치 무당의 신내림 과정과 같다. 엠퍼시, 감정이입, 측은지심이란 말도 결국은 동의어이다.

　이를 물리학에서는 '동조同調'라는 말로 풀이한다. 예를 들면 가정에서 사용하는 라디오의 경우, 멀리 방송국에서 쏘아 보낸 전파를 붙잡아 소리를 내는 것이 바로 동조라는 것이다. 여기에 사용되는 것이 동조바리콘이라는 도구이다. 동조바리콘은 대기 중의 전파를 붙잡아 소리를 내게 하는데 그러기 위해서는 대기 중의 전파 주파수와 자신의 주파수를 같게 만들어야 한다.

　이는 시인들에게도 마찬가지다. 시를 쓸 때 시인은 자신의 주파수를 시적 대상의 주파수와 같게 해야 한다. 그러면 서쪽의 울렁임과 떨림이 자신의 울렁임과 떨림으로 바뀐다. 바람에 몸부림치는 나무를 보고 있으면 나무의 흐느낌이 시인의 흐느낌이 될 것이고 외로운 새소리를 듣고 있으면 새의 외로움은 시인의 외로움으로 바뀔 것이다.

이때 시인은 재빨리 그 울렁임과 떨림을 자신이 아는 바 가장 아름다운 언어로 표현해야 한다. 정말로 그것이 그렇다면 시인은 나무가 되기도 하고 새가 되기도 할 수 있는 일이다. 그렇게만 된다면 나무도 새도 시인을 통해 저들의 말을 대신하게 할 수도 있는 일이다. 그만큼 시인은 시적 대상과 보다 빨리 보다 손쉽게 감정적 일체감을 갖는 사람이어야 한다.

곡비哭婢란 말도 여기서 크게 다르지 않고 서양의 뮤즈의 개념도 여기서 크게 멀지 않다. 고대 서양에서는 시인을 '신뮤즈이 불러 주는 말을 받아쓰는 사람' 정도로 이해했다고 한다. 오늘날도 시인은 '어딘가 남들이 모르는 곳, 남들이 모르는 대상에게 전화를 걸어 그 사람과 은밀히 대화하는 사람'이어야 한다. 그 대상은 때로 가족이나 이웃, 연인, 자연이 되기도 한다. 그런 점에서 시인은 빙의憑依 들린 사람이기도 하다.

빙의란 나의 영혼에 다른 누군가의 영혼이 옮겨 붙는 것을 말한다. 말하자면 다중인격多重人格으로 한 사람 안에 또 한 사람의 인격이 들어와 있는 상태이다. 대체로 빙의란 귀신에게 인간의 몸과 마음이 사로잡혀 자기 뜻대로 행동하지 못하고 귀신의 의도대로 말하고 행동하는 것으로 풀이된다. 주변에서 볼 때 무당의 경우가 그렇다.

시인도 따져 보면 시한테 사로잡힌빙의된 존재로서 자기 뜻대로 인생을 살지 못하고 시의 뜻대로 사는 사람이라고 할 수 있겠다. 그가 쓰는 시 또

한 오로지 자의적인 것이 되지 못하고 때로는 시적 대상과의 대화나 그 타협점에서 얻어진 언어적 유물이기 십상이다. 그런 점에서 시는 빙의 들린 시인의 언어적 기록이라고도 할 수 있겠다.

나는 지금도 강물을 보면 강물과 같이 융융하게 흘러가는 노래를 쓰고 싶고 겨울철 눈보라 치는 날 몸을 떨면서 울부짖는 수풀을 가슴에 품으면 그 숲의 울음을 받아쓰고 싶고 아스라이 높이 솟은 산을 떠올리면 산의 고독하면서도 높은 정신을 내 것으로 바꾸어 쓰고 싶다. 이것이 진정 내가 자연이나 인간, 세상에 빙의된 사람이 되고 싶은 이유이고 진정한 시 한 편을 끝내 남기고 싶은 숨길 수 없는 인간적 욕망 그것인 것이다.

꽃들아 안녕

나태주

꽃들에게 인사할 때
꽃들아 안녕!

전체 꽃들에게
한꺼번에 인사를
해서는 안 된다

꽃송이 하나하나에게
눈을 맞추며
꽃들아 안녕! 안녕!

그렇게 인사함이
백번 옳다.

통하다

언어에 음성언어가 있고 문자언어가 있다는 것은 우리가 이미 잘 아는 일이다. 그런데 보다 원초적인 언어가 음성언어라는 것에 대해서는 가끔은 잊어버릴 때가 있다. 교육이나 문화 일반이 주로 문자언어에 의해 유지, 발전되기에 그렇다. 하지만 보다 근원적이고 좋은 언어는 음성언어이다.

가령 말이다. 오랜 세월 이전 인류의 스승들에 대해서 한번 생각해 보자. 석가, 소크라테스, 공자, 예수卍生舜를 우리는 인류의 스승이라 하고 성현이라 부른다. 석가와 예수는 종교의 출발점이 되기도 했다.

이분들이 처음 민중이나 제자들에게 당신들의 생각이나 주장, 신념을 전할 때 사용한 것은 문자언어가 아니라 음성언어였다. 그냥 말씀이었다. 이것을 제자들이 받아서 기록한 것이다. 이 기록이 글이 되었고 나중에는 책이 되었다.

나아가 책들이 모여 총서叢書가 되었다. 총서가 된 다음 여기서 이론이 생겼다. 책이 많아 수풀 같다 보니 책 속에 길을 낸 것이다. 이론이 더 많아지자 거기서 원리또는 교리를 도출하게 되었다.

이것은 모두가 문자언어로 진행된 일들이고 계속해서 대를 이어 나타난 제자들이 한 일들이다. 조사祖師 또는 교주, 최초의 스승이 사용한 도구는 어디까지나 음성언어였다. 이를 우리는 말씀이라고 부른다. 말씀은 공기나 물처럼 부드럽고 자유롭고 편안했다.

이 말씀이 글이 되고 책이 되고 총서가 되고 이론이 되고 원리가 되면서 후세인들은 책 속에 갇히게 되었다. 점점 더 깊숙이 갇히고 더욱 딱딱하고 부자유스럽고 답답한 그 무엇이 되었다. 이를 비유한다면 ① 공기·물말씀→② 흙·모래글→③ 자갈책→④ 돌더 많은 책→⑤ 돌무더기총서·책의 수풀→⑥ 바위이론→⑦ 바위산원리·교리이 될 것이다.

그리하여 후세 사람들이 만나는 것은 바위이거나 바위산일 뿐이다. 매우 엄격하고 딱딱하고 답답하다. 대학에서 가르치는 것들도 바위이거나 바위산이다. 그걸 부수어 교수들이 학생들에게 먹이는 것이다. 역시 답답하고 딱딱하고 부자유스럽다. 여기서 어찌하오리까가 나온다. 한숨이 나온다. 정말로 어찌해야만 좋겠는가?

우리는 마땅히 스스로 주문하고 노력해야만 한다. 이론이나 원리, 총서나 책을 넘어서, 더 멀리는 글문장을 넘어서, 단연코 말씀의 세계로까지 거슬러 올라가야만 한다. 그리하여 우리 자신도 인류의 스승들이 그랬듯이 지극히 부드럽고 자유롭고 편안해져야만 한다.

공기나 물과 같이 되어야 한다. 그렇지 않고서는 승산이 없다. 결국은 음성언어의 세계, 말씀의 세계로 돌아가자는 얘기다. 거꾸로 ① 바위산_{원리·교리}→② 바위_{이론}→③ 돌무더기_{총서·책의 수풀}→④ 돌더 많은 책→⑤ 자갈_책→⑥ 흙·모래_글→⑦ 공기·물_{말씀}이 되어야 한다는 것이다.

도통한 사찰의 고승대덕, 훌륭한 교회의 설교자, 좋으신 성당의 신부님들은 신도들이나 민중에게 교리나 주의주장을 펼칠 때는 서책이 아닌 말씀으로 하신다. 이것이 해답이다. 길이다. 시인들도 시를 쓸 때 문자언어보다는 음성언어를 중시해야만 한다는 결론이 나온다. 그래야만 독자들에게 진정한 감동을 전할 수 있는 것이다.

이것을 우리는 '통通했다'는 말로 표현한다. 단연코 인류의 스승들이 하신 방법까지 가야만 하고 그 말씀의 세계처럼 자유롭고 평화롭고 부드러워져야 한다. 그렇지 않고서는 우리들의 시에 희망은 없는 것이다. 이를 도표로 표시하면 아래와 같다.

성현→제자→제자→제자→제자→제자→제자

말씀→글→책→더 많은 책→총서→이론→원리

공기/물→흙/모래→자갈→돌→돌무더기→바위→바위산

말씀/성현←(통하다)←시/시인

*음성언어를 지향하는 시: 공기나 물처럼 부드럽고 자유롭고 편안한 시

오늘도 그대는 멀리 있다

나태주

전화 걸면 날마다

어디 있냐고 무엇하냐고

누구와 있냐고 또 별일 없냐고

밥은 거르지 않았는지 잠은 설치지 않았는지

묻고 또 묻는다

하기는 아침에 일어나

햇빛이 부신 걸로 보아

밤사이 별일 없긴 없었는가 보다

오늘도 그대는 멀리 있다

이제 지구 전체가 그대 몸이고 맘이다.

설득과 감동

세상은 복잡한 것 같지만 의외로 단순할 수 있다. 모든 것들이 나로부터 출발하고 너로써 끝이 나도록 되어 있다. 무엇이든 내가 좋으면 좋은 것이고 내가 싫으면 싫은 것이다. 그야말로 세상의 중심, 우주의 중심이 나인 것이다. 그러므로 모든 사람들은 자기 자신을 위해서 사는 것이고 자기 자신이 만족해야만 만족하는 것이다.

그런데 여기서 간과해서 안 되는 것이 바로 너의 존재다. 나의 상대가 되는 사람. 저쪽 편. 타인. 너. 그 너의 입장에서 생각해 보면 곧바로 너는 나이고 나는 또 너가 되는 것이다. 결코 나와 너가 둘이 아니다. 너와 나는 하나다. 그러므로 너는 타인이 아니다. 너는 나이고 나는 너이다. 이런 생각만 해도 세상은 금방 환해지고 단순 명쾌해진다.

이러한 너와 나가 어울려 가정을 이루고 사회를 만들고 또 국가를 성립시킨다. 사람이 사람인 까닭은 서로 어울려 산다는 데에 있다. 사람이 어울려 산다는 것은 아름다운 일이고 좋은 일. 거기서 관계 맺음이 나오고 화합이 나오고 소통이 나온다. 그러나 인간사회란 매양 그런 것들이 잘 되지 않는 데에 문제가 있다. 관계 맺음과 소통이 그렇게 손쉬운 것이 아니기 때문이다.

모든 문제는 나의 상대인 너를 잘 인정하지 않는 데에 있다. 오로지 나만을 생각하고 너를 생각하지 않고 나 안에 내가 너무 무겁고 너무 많은 영역을 차지하고 너는 너무 가볍게 좁은 자리에 있는 데에 있다. 이것을 우리는 이기심이라 부르고 자만심이라 부른다. 이것부터 조금씩 바로 잡아야 한다. 나를 조금 더 내려놓고 너를 더 많이 불러들여야 한다. 양보는 양보가 아니다. 그것은 나를 살리는 길이고 내가 더욱 편하게 숨 쉬는 길이다.

서로 이야기를 할 때도 그렇다. 나의 이야기만 줄창 할 것이 아니라 상대방의 말에 귀를 기울여야 할 일이다. 옛날부터 '덕이 있는 사람은 귀가 큰 사람'이라고 그랬다. 나도 처음에는 실지로 귀의 크기가 큰 사람이 덕이 있는 사람, 마음이 너그러운 사람인 줄 알았다. 그런데 지나고 보니 그것이 아니었다. 여기서 '귀가 큰 사람'이란 남의 이야기를 잘 들어주는 사람을 말하는 것이었던 것이다. 결국은 듣는 것이 말하는 것이었던 것이다.

세상 그 어떤 것도 일방적인 것은 없다. 상호작용이 가장 좋은 것이고 리드미컬한 현상이 가장 질서 있는 상태고 생명이 있는 상태다. 갔으면 오는 것이고 왔으면 가는 것이다. 이것을 우리는 한편 대화라 부른다. 대화가 잘 이루어질 때가 소통이 잘 이루어질 때이다. 오늘날 우리는 일방적으로 자기 얘기만 하는 사람들이다. 상대방의 이야기는 하나도 들어주지 않고 자기 얘기만 하면서 소통이 잘 안 된다고 불평한다.

이건 어불성설이다. 소통을 하든지 대화를 하든지 누가 먼저 다가가야 하겠는가? 나는 가만히 제자리에 있고 저쪽 편그러니까 너만 가까이 오라고 그럴 때 저편이 순순히 곱게 이쪽으로 와 주겠는가? 어림없는 얘기다. 내가 먼저 다가가야 한다. 그것도 무장해제를 하고 다가가야 한다. 내가 높은 곳에 있는 사람이라면 내려와야 하고 내가 지식을 가진 자라면 그 지식을 벗어 놓아야 한다.

나 없는 네가 없듯이 너 없는 나도 없다. 이제는 남들도 좀 생각하면서 살 일이다. 내가 말을 하는 사람이라면 좀 더 쉽게 말해야 할 일이고 일을 하는 사람이라면 다른 사람들이 이해할 수 있도록 일을 해야 한다. 요는 상식이다. 늘 그렇게, 누구나 그렇다고 인정하는 것이 바로 상식이다. 진정 상식이 통하는 세상이 그립다. 말을 할 때도 쉽게 말하는 것이 상식이 통하도록 말하는 것이고 일을 할 때도 다른 사람들이 이해할 수 있도록 쉽게 일하는 것이 상식이 통하도록 일하는 것이다. 상식이 통하도록 말하고 일하는 것도 능력이고 적선이다.

진정으로 아는 사람, 깨달은 사람, 진정으로 높은 마음의 경지에 이르른 사람은 쉽게 말하는 사람이다. 쉬운 말로 보다 많은 사람들이 알아들을 수 있도록 말할 줄 아는 사람이다. 겨우겨우 깨달은 사람, 소인배, 지식의 장사꾼들이 어렵게 거들먹대며 목울대와 어깨에 힘을 주면서 제가 아는 것 제가 가진 것을 부풀려 값을 올려 부르며 소리, 소리 지르는 것이다. 시정잡배처럼 제 것만 억지로 사 달라고 강요하려 드는 것이고 억지로 비꼬아서 어렵게 표현하는 것이다.

상대편을 내편으로 만드는 구체적인 방법에는 설득과 감동의 방법이 있다. 그 모두가 너를 내편으로 끌어들이는 방법이고 너를 나로 바꾸는 작업이고 너와 나의 마음을 하나로 만드는 과정이다. 설득이 산문적 방법이라면 감동은 운문적 방법이다. 설득에서 중요한 것은 분명하고 아름다운 수사이고 감동에서 요구되는 것은 마음의 떨림이다. 그러나 그 두 가지의 공통점은 진정성이다. 진정성은 진실하면서도 정이 있다는 말. 한마디로 절실한 마음이고 진실한 마음이다. 그 마음이 없을 때 설득도 감동도 실패하게 될 것이고 너는 결코 나의 편이 되어 주지 않을 것이 뻔한 일이다.

자기를 함부로 주지 말아라

나태주

자기를 함부로 주지 말아라
아무 것에게나 함부로 맡기지 말아라
술한테 주고 잡담한테 주고 놀이한테
너무 많은 자기를 주지 않았나 돌아다 보아라

가장 나쁜 것은 슬픔한테 절망한테
자기를 맡기는 일이고
더욱 좋지 않은 것은 남을 미워하는 마음에
자기를 던져버리는 일이다
그야말로 그것은 끝장이다

그런 마음들을 거두어들여
기쁨에게 주고 아름다움에게 주고
무엇보다도 사랑하는 마음에게 주라
대번에 세상이 달라질 것이다
세상은 젊어지다 못해 어려질 것이고
싱싱해질 것이고 반짝이기 시작할 것이다

자기를 함부로 아무것에나 주지 말아라
부디 무가치하고 무익한 것들에게
자기를 맡기지 말아라
그것은 눈감은 일이고 악덕이며
인생한테 죄 짓는 일이다

가장 아깝고 소중한 것은 자기 자신이다

그러므로 보다 많은 시간을 자기 자신한테

주는데 주저하지 말아야 할 일이다

그것이 날마다 가장 중요한

삶의 명제요 실천 강령이다.

'무엇을'과 '어떻게'

인생을 이야기하는 데 있어서 무엇What과 어떻게How는 매우 중요한 두 가지 화두이다. 무엇을 위해 무엇을 하면서 살 것인가? 여기서 직업이 나오고 그 사람의 위치나 지위가 나온다. 신분 또한 결정이 된다. 어려서부터 아이에게 법조인을 시키겠다, 의사를 만들겠다, 그러는 것은 모두가 무엇과 관계가 있다.

그래서 돌잡이를 할 때에도 아기가 청진기를 잡거나 의사봉을 잡으면 어른들이 좋아하면서 박수를 한다. 장차 자라서 의사가 될 것이라고 믿는 것이고 법조인이 되어 떵떵거리며 잘살 것이라고 기대를 거는 것이다. 하지만 이 모두는 허무하고 부질없는 일이다.

아무리 돈이 많은 사람, 지위가 높은 사람, 학식이 풍부한 사람이라 해도 그 사람의 인격이 비루하고 그 사람의 삶이 떳떳하지 못하다면 그것은 사상누각과 같은 인생일 뿐이고 더 나아가서는 세상한테 지탄 받는 인간

일 뿐이다. 그동안 우리는 얼마나 그러한 인간들을 많이 보아 왔는가!

제아무리 정부의 고위직이라 해도 그가 하는 일, 그의 생각이 못돼 먹었다면 그는 그의 사무실을 돌보는 문지기만 못하고 차 심부름을 하는 아가씨만도 못한 것이다. 요는 그가 어떤 인생을 사느냐이다. 자기에게 걸맞은 인생을 살 때만이 그는 당당한 것이고 평가를 받는 것이다.

여기서 '어떻게'의 문제가 대두된다. 결론부터 말한다면 이제는 '무엇을'보다는 '어떻게'가 더욱 중요하다고 본다. 예전 내가 초등학교 교장으로 일할 때의 일이다. 그 학교에 황일철이란 젊은 남자 직원이 있었다. 그는 조무원으로 매우 성실하고 선량한 청년이었다. 나중에 내가 결혼식 주례를 맡아 주기도 한 사람이다.

황일철 씨와 함께 근무할 때 우리 학교는 주변이 깨끗한 학교였다. 운동장이며 화단이며 하수구까지 아주 말끔한 학교였다. 그것은 매우 당연한 일로 여겨졌다. 날마다 깨끗한 학교였으므로 누구도 그것을 특별한 일로 여기지 않았다. 그런데 황일철 씨가 다른 학교로 전근을 간 뒤 모든 것이 드러났다.

갑자기 학교 운동장이며 길바닥에 휴지가 널리고 쓰레기가 쌓이기 시작한 것이다. 까닭은 황일철 씨에게 있었다. 그가 학생들이 등교하기 전에 일찍 학교에 와서 쓰레기들을 말끔히 치웠던 것이다. 하루나 이틀만 그런 것이 아니라 모든 날들을 그렇게 한 것이었다.

다시금 깨끗한 학교가 되려면 전근 간 그 황일철 씨를 다시금 불러와야만 하는 일이었다. 그때 나는 크게 반성하고 느낀 일이 있다. 교장실에서 별로 하는 일도 없이 음악이나 듣고 책이나 읽고 전화나 받는 나보다는 황일철 씨가 얼마나 학교를 위해서 필요한 사람이고 중요한 사람인가 하는 것을!

무엇을 하느냐 하는 것도 중요할지 모른다. 그러나 그보다 더 중요한 것은 그 무엇을 어떻게 하느냐이다. 이 '어떻게'가 잘못 되어서 세상이 이토록 어지럽고 심란하고 나빠지는 것이다. 공의로운 삶, 정직한 삶, 가치 있는 삶도 '무엇을'보다는 '어떻게'에서 나오는 삶이다. 이제는 정말로 '무엇을'보다는 '어떻게'이다.

마리엔바트 비가

요한 볼프강 폰 괴테

아 언제 다시 볼 수 있단 말인가

오늘 진 꽃잎을

천국이 지옥이 눈앞에 열리고

얼마나 마음은 흔들리는지

사랑하고픈 마음 사랑받고 싶은 마음

없어졌는가 사라졌는가 하였는데

어느새 무얼 할까 무얼 해야지

얼른 해야지 설레는 마음 생길 줄이야

사랑하면 영롱해진다더니

내 바로 그리 될 줄이야

온갖 것을 잃었네 나마저 잃었네

신들은 한때 사랑했던 나를

시험하사 판도라 상자를 주셨네

좋은 것 나쁜 것 가득한 상자를

말 잘하는 은혜를 베풀었다가

나를 떨구어 나락으로 떨어뜨리네.

반갑고 고맙고 기쁘다

　내가 문학 강연을 하면서 젊은 세대들에게 가장 많이 들려주는 시는 구상 선생의 「꽃자리」라는 작품이다. 젊은 세대에게 그들 자신이 '꽃'과 같이 소중한 존재라는 것을 일깨워 주기 위함이고 그들이 앉아 있는 자리, 처한 형편이 결코 나쁜 것이 아닌 '꽃자리'라는 것을 알려 주기 위함이다.

　젊은 세대들은 인생 체험이 그다지 많지 않기 때문에 비교 개념이 부족하다. 그러므로 자기들이 가진 것을 과소평가하기 쉽다. 자신들이 처한 환경이나 조건을 비하하기 쉽다. 처음부터 그래서는 안 되는 일이다. 누구나 자기 자신이 세상에서 가장 소중한 존재라는 것을 알아야 하고 자기의 처지를 다행스럽게 여겨야 한다.

　이는 자존감과 관계있는 문제다. 사람은 자존감이 없이는 제대로 인간이기 어렵다. 학자들 말에 의하면 사람은 자존감이 떨어질 때 우울해지는 것은 물론 그 자존감을 회복하기 위해 폭력이나 일탈 행위를 일삼기도 한다고 한다. 아예 자존감이 바닥나면 쓰레기를 내다 버리듯 자신을 내다버리고 싶은 욕망이 생기는데 그것이 자살 행위로 이어진다고 한다.

이러한 자존감을 일으켜 세우는 데 가장 좋은 시가 구상 선생의 「꽃자리」이다. 구상 선생은 고매한 인품과 함께 사변적이고 철학적인 좋은 시를 다수 남긴 시인인데 특별히 이 시만은 쉬운 언어구조로 되어 있을 뿐만 아니라 인생론적인 내용을 담고 있어서 많은 사람들로부터 사랑을 받고 있다.

이 시에 두 번씩이나 나오는 구절인 '반갑고 고맙고 기쁘다'는 애당초 구상 선생의 문장이 아니었다. 구상 선생은 본적과 출생은 남한이지만 성장하고 주로 활동한 고장은 북한의 함흥이었는데, 광복 이후 '응향'의 필화사건으로 월남하여 서울에서 살 때 자주 공초 오상순 선생을 뵈었다고 한다.

오상순 선생은 집도 가족도 없이 다방과 여관을 전전하며 독신으로 살다가 돌아간 승려 같은 시인. 오상순 선생1894년 출생은 구상 선생1919년 출생보다 15년 연상. 오상순 선생은 구상 신생을 만날 때마다 '반갑고 고맙고 기쁘다'는 말로 인사를 했다고 한다. 젊은 시절 구상 선생은 그 말을 대수롭지 않게 여겼는데 당신도 나이가 들고 보니 그 말이 귀하게 여겨져 당신의 시에 그 구절을 넣어 「꽃자리」란 시를 지은 것이다.

그러므로 이 시는 구상 선생과 오상순 선생의 합작품이라 할 수 있겠다. 이렇게 시어를 공유함은 참으로 아름다운 시인들의 우정이다. 생애와 생애를 넘어 흐르는 언어와 정신의 강물. 그 계승은 얼마나 아름답고 귀한 것인가! 그 시를 또한 후세의 나 같은 사람이 사랑하고 나를 통하여 젊은 세대들이 알고 좋아하니 이야말로 언어의 승리, 시의 승리가 아니고 무엇이겠는가.

　반갑고 고맙고 기쁘다// 앉은 자리가 꽃자리니라!// 네가 시방 가시방석처럼 여기는/ 너의 앉은 그 자리가/ 바로 꽃자리니라.// 반갑고 고맙고 기쁘다.

　이것은 구상 선생의 시 「꽃자리」의 전편이다. 선생은 처음 이 시를 아주 길게 썼는데 나중에는 아랫부분을 잘라내고 이렇게 깡뚱한 시로 만들었다. 그리하여 많은 사람들이 좋아하고 외우는 시가 되었다. 아무래도 이 시에서 소중한 부분은 두 번이나 반복하여 말한 '반갑고 고맙고 기쁘다'이고 그다음은 제목이기도 한 '꽃자리'란 말이다.

　사람은 누구나 남들을 의식하고 상대적 비교를 잘하는 성향이 있으므로 자기 것보다는 남의 것을 좋아하고 선망하도록 되어 있다. 이것을 탈피하라는 조용한 타이름의 목소리가 이 시에는 담겨 있다. 여기서 나의 자리가처지나 환경이 결코 나쁜 것이 아니고 '꽃자리'라는 자각과 인식이 있어야 한다.

　이것은 가히 발견과 깨달음의 수준이다. 더 나아가 '네가 시방 가시방석처럼 여기는/ 너의 앉은 그 자리가/ 바로 꽃자리니라.' 이러한 타이름 속에서 우리는 많은 위로를 받고 자기 자신이 괜찮은 존재라는 생각을 갖게 되며 드디어 잃었던 자존감을 회복하게 된다. 이 얼마나 고마운 일인가.

이렇게 좋은 시는 우리들 삶에 지대한 영향을 주는 아주 귀한 문장이다. 결코 시가 사치품이 아니란 것을 알아야 한다. 또 시인들은 자기의 시가 사치품이 안 되도록 시업을 운영해야 한다. 그러할 때 시인은 독자들 가까이 서게 될 것이고 보다 많은 사람들이 시인과 그 시를 찾아 줄 것이다.

그런 의미에서 시인은 세상을 맑게 아름답게 해 주는 역할을 자임한 사람들이기도 하다. 그렇다, 혜리야. 나도 오늘은 너한테 구상 선생님 식으로아니 오상순 선생님 식으로 인사를 건네야겠다. '반갑고 고맙고 기쁘다.'

사는 법

나태주

그리운 날은 그림을 그리고
쓸쓸한 날은 음악을 들었다

그리고도 남는 날은
너를 생각해야만 했다.

마음이 고달픈 사람들

가끔씩 주말에 외부 일정이 잡히지 않을 때, 공주풀꽃문학관에 머무는 날이 있다. 그런 날 그야말로 멀리서 찾아온 손님을 맞이 할 때가 있다. 대개는 생면부지의 모르는 사람들. 더러는 젊은 사람들. 이야기 도중 이 집에 왜 왔는가, 질문을 던질 때 있다.

왜 왔는가? 왜 황금같이 소중한 주말의 시간에 그렇게도 멀리서 이렇게도 소_I만 문학관까지 왔는가? 대답은 여러 가지다. 시가 좋아서 왔다는 사람이 있고 사람을 만나고 싶어서 왔다는 사람이 있지만 더러는 고달파서, 지쳐서, 쉬고 싶어서 왔다는 사람들도 있다.

정작 고달프고 지치고 쉬고 싶다면 자기 집에 편안히 있어야 할 일이다. 그런데도 이렇게 낯선 곳, 먼 곳까지 찾아오는 것은 몸으로 그런 것이 아니라 마음으로 그래서 그런 것이다. 오늘날 이것이 우리들의 문제다. 마음으로 고달프고 마음으로 지치고 마음으로 쉬고 싶다는 것. 이것을 우리가 풀어야 한다. 이것이 중요한 과제이고 급선무다.

그동안 살아가는 데 필요한 세 가지라고 말하는 먹고 입고 사는 문제는 어느 정도 해결한 우리들이다. 아직도 먹고 입고 사는 문제에 고달픈 사람들이 있기는 하겠지만 전반적으로는 그렇다는 얘기다. 여기서 우리에게 요구되는 것은 마음의 위로와 축복이다. 마음의 평안이다.

요즘 가장 듣기에 거북한 말은 삼포시대란 말이다. 젊은 세대들이 연애와 결혼과 출산을 포기한다는 말은 참으로 듣기에 민망한 말이다. 왜 그좋은 연애와 결혼과 출산을 포기하는가! 이것은 말도 되지 않는 일이다. 오늘날 젊은이들이 처한 형편이 그들이 헤쳐 나가기에 녹록지 않다는 것은 안다. 그것이 십분 그렇다 하더라도 그래서는 안 되는 일이다.

힘든 때일수록 용기를 내어 문제에 맞서고 그것을 헤치면서 앞으로 나아가야 할 일이다. 예전 사람들이라고 해서 모두가 좋은 조건 아래 그들의 삶을 일구어 낸 것이 아니란 것을 알아야 한다. 더 어렵고 힘든 가운데도 힘겹게 그들의 생애를 가꾸었고 성공적인 미래를 이끌어 낸 것이다.

그래서 다시금 왜 그렇게 고달프고 지치고 힘겨운 것이냐 물어보기도한다. 더러는 현명한 대답을 내놓는 젊은이들이 있다. 어렵고 힘겹게 고생하면서 살아온 자신들의 부모 세대들이 당신들의 자식들에겐 그 고생을 대물림하고 싶지 않아서 자신들을 너무 귀엽게 고생시키지 않고 키워서 그렇다고 그런다. 정확한 대답이다. 그것을 알면 된다. 원인을 알았으니 해결 방법 또한 그들 안에 있을 것이다.

춘화春化 현상이란 말이 있다. 봄에 꽃을 피우는 식물은 추운 겨울을 거쳐야만 된다는 말이다. 수선화, 튤립, 히아신스 같은 구근 종류의 꽃들이 여기에 해당되고 개나리나 진달래같이 봄에 일찍 꽃을 피우는 식물도 여기에 해당된다고 한다.

한번인가는 호주에 사는 교민 한 사람이 고국 방문길에 개나리꽃 한 줄기를 꺾어 가지고 가 자기가 사는 시드니의 집 정원에 심었다 한다. 그런데 몇 년을 기다려도 푸르게 자라기만 할 뿐 꽃을 피우지 않았다는 것이다. 궁금한 마음에 책을 찾아보았더니 개나리꽃이 추운 겨울을 거쳐야만 꽃을 피우는데 시드니에는 겨울이 없어서 그랬다는 것이다.

우리들 인생에도 이러한 춘화 현상은 해당된다. 어떠한 인생도 고난 없는 인생은 없는 것이다. 적정량의 고난의 과정을 거쳐서야만 성공과 영광이 따르도록 되어 있다. 더구나 최근 젊은이들 입에 오르내리고 있다는 '헬조선'이란 말에는 동의해 줄 수 없다. 지옥 같은 조선이라니? 왜 한국이 지옥이고 왜 한국이 조선이란 말인가? 이런 말을 지어낸 사람, 이런 말을 좋아하는 사람들의 정신 상태를 의심하지 않을 수 없다.

뿐더러 최근 유행한 금수저, 흙수저 논쟁에 대해서도 나의 생각은 전혀 멀리에 가 있다. 요는 부모한테서 물려받은 재산이 없다는 것인데 이런 안이하고 삐딱한 인생관을 지닌 사람들이 어찌 결핍의 축복을 안다 하겠으며 인생의 찬란한 성취를 안다 하겠는가.

일찍이 예수님도 부활하시고서 제자들에게 하신 첫 말씀이 "그대들 평안하뇨?"였다. 오늘날 우리 세대에 필요한 것은 물질의 풍요나 육신의 건강을 넘어선 마음의 평안이다. 마음의 평안이 없는 곳에 진정한 인생은 없다. 마음의 평안 없이는 어떤 마음의 문제도 해결이 되지 않을뿐더러 현실의 문제도 거기에 준한다.

　나아가 영혼이 목마른 것이다. 이 목마른 영혼을 어찌할꼬? 묘안은 없다. 우선 각자 자신의 마음을 좀 들여다보기를 권한다. 그러면서 좀 더 고요해지기를 기다려야 한다. 마음이 덧났으니 마음의 방법을 택해야 한다. 그런 선택 가운데 하나가 바로 시 읽기다. 마음의 위로가 되는 시, 축복이 되는 시를 골라서 읽다 보면 마음의 평안이 오고 또 새로운 삶의 소망도 조금씩 생기리라고 본다.

공주풀꽃문학관 선경(공주시 봉황로 85-12)

하오의 한 시간

나태주

바람을 안고 올랐다가
해를 안고 돌아오는 길

검정염소가
아무보고나
알은체 운다

같이 가요
우리 같이 가요

지는 햇빛이
눈에 부시다.

서경시의 단계

우리들 인간의 능력에는 지성능력이 있고 감성능력이 있음을 헤리도 잘 아는 일일 것이다. 비교적 전자에 항상성이 있는 데 비하여 후자에는 항상성이 부족하다. 감성은 일회성, 순간성, 변화성이 근본 속성이다.

그렇지만 생활 사태에서 보다 큰 힘을 발휘하는 것은 감성의 능력이다. 여기서 시의 필요성이 강력하게 대두된다고 볼 수 있겠다. 모든 시의 문장이 감정을 주된 내용으로 삼기 때문에 그렇다.

시에는 고백과 호소가 주로 담기도록 되어 있다. 그러므로 시의 문장형식은 고백형이거나 청유형이 가장 적절하다. 더러는 젊은 시인들의 시에 나타나는 불만과 불평, 푸념 일색은 시가 감정을 주된 재료로 삼는 탓이기에 나타난 어쩔 수 없는 현상이기도 하다.

대체로 직설화법으로 말하는 서정시의 범주 안에 간접화법을 구사하는 서경시敍景詩가 있다. 서경시는 시인이 직접 나서서 감정을 토로하는 시가 아니다. 시인은 시의 문장 뒤에 숨고 사물을 대신 등장시켜 그로 하여금 시인의 말을 하도록 하는 방법이다. 박목월의 초기 시, 박용래, 김종삼, 백석의 일부 시에 나타나는 현상이다.

시의 문장은 때로 음악과 회화에서 도움을 받을 필요가 있다. 음악에서 받는 도움은 문장의 리듬이고 질서이며 그것은 또 문장의 생명력과 연결이 된다. 그리고 회화에서 받는 도움은 이미지이며 이러한 능력은 시에 극적인 묘사를 더하고 신선감을 보탠다. 특히 얼마만큼 지울 것인가와 어디만큼 멈출 것인가를 그림으로부터 배워 오는 것은 소중한 깨달음이고 시인의 자산이다. 서경시는 음악보다는 회화에 더욱 가까운 시로서 그림시라고도 할 수 있겠다. 실험적이고 현대적인 요소가 강하므로 모더니즘적인 시라고도 할 수 있겠다. 그런 점에서 한국시의 정점에는 박목월의 초기 시와 박용래의 시가 존재한다고 말할 수 있다.

방초봉 한나절/ 고운 암노루// 아랫마을 골작에/ 홀로 와서// 흐르는 냇물에/ 목을 축이고// 흐르는 구름에/ 눈을 씻고// 열두 고개 넘어가는/ 타는 아지랭이

　- 박목월, 「3월」 전문

눈보라 휘돌아간 밤/ 얼룩진 벽에/ 한참이나/ 맷돌 가는 소리/ 고산식물처럼/ 늙으신 어머니가 돌리시던/ 오리오리/ 맷돌 가는 소리

　- 박용래, 「설야」 전문

행복·2

나태주

어제 거기,
내일 저기가 아니라
지금 여기
그리고 내 앞에 있는 너.

억지로라도 행복해야

행복. 어린아이들이 노래하듯이 부르는 말이고 젊은이들이 발돋움하면서 꿈꾸는 말이다. 치르치르와 미치르. 행복의 상징인 파랑새를 찾아서 오랫동안 길을 떠나 고생했지만 끝내 찾지 못하고 돌아왔는데 정작 그 파랑새가 자기네 집 새장 안에 있었다는 동화의 줄거리.

산 넘어 언덕 너머 먼 하늘 밑/ 행복이 있다고 사람들이 말하네./ 아, 나도 친구 따라 찾아갔다가/ 눈물만 머금고 돌아왔다네.
- 카를 부세, 「산 너머 저쪽」 일부

어린 시절 읽은 이런 글들은 우리에게 많은 소망과 함께 실망도 주었다. 왜 오늘날 사람들은 스스로 불행하다 진단하는가? 우리나라 한국이 심지어 OECD 국가 가운데 행복지수 최하위, 자살률 최상위라는 지표는

도대체 무엇이란 말인가? 문제는 우리나라 사람들이 만족할 줄 몰라서 그렇다. 달라이라마 같은 분은 '탐욕의 반대는 무욕이 아니라 내게 잠시 동안 머무는 것들에 대한 만족이다.'라고 말했다. 그 만족이 우리에게는 부족한 것이다.

그뿐이랴. 감사할 줄 몰라서 그렇다. 감사하는 마음은 마음의 평안을 가져오고 만족을 가져온다. 연구자들은 사람이 감사하는 마음을 가지면 세로토닌이라는 호르몬이 나온다고 말한다. 세로토닌은 우울증을 막아 주고 마음의 평정을 주며 스트레스를 감소시켜 끝내는 행복한 마음에 이르게 한다고 한다.

그렇다면 무엇을 감사해야 한단 말인가? 작은 일에 대해서 감사해야 한다. 그러기 위해서는 사소한 것, 오래된 것, 가까운 것들을 소중히 여기는 마음을 가져야 한다. 반복되는 일상을 사랑해야 한다. 이것을 나는 '가난한 마음'이라고 부르고 싶다. 이런 가난한 마음만 있다면 만족과 감사가 저절로 이루어지리라고 본다.

그다음은 나의 일들을 남의 것과 지나치게 비교하지 말아야 한다. 불행감의 절반은 이 타인과의 비교에서 오는 뜬구름 같은 것이다. 그 뜬구름을 과감히 밀어내야 한다. 이 세상에 나보다 더 소중한 존재가 어디에 있단 말인가. 무엇보다도 나를 사랑하고 내게 있는 것들을 소중히 여길 줄 알아야 한다. 그러한 나를 왜 자꾸만 남한테 비교하고 스스로 쭈그러들려고 한단 말인가.

저녁때/ 돌아갈 집이 있다는 것// 힘들 때/ 마음속으로 생각할 사람이 있다는 것// 외로울 때/ 혼자 부를 노래 있다는 것.

내가 위의 시 「행복」을 쓴 것은 60대 초반의 일이다. 그때는 아내와 함께 오후 시간 집 주변의 산야를 산책하는 일을 즐겨 하던 시절이다. 산책을 마치고 집으로 돌아가려 하는데 다리가 아프고 몸이 좀 피곤했다. 얼른 집으로 돌아가 쉬고 싶단 생각을 했을 것이다. 그때 서쪽 하늘의 붉은 노을이 눈에 들어오고 하늘을 나는 새들도 보였다.

그런 것을 보면서 쓴 작품이 바로 「행복」이란 시이다. '저녁 때'가 되어 돌아갈 집이 나에게도 있다는 것이 매우 다행스럽게 생각되었다. "여보, 이제 우리 그만 걷고 집으로 돌아가자." 돌아보니 아내도 고개를 주억거리며 동의해 주었다. 집에 가면 무엇이 있나? 헌 옷과 헌 집기들이 있고 헌 신발이 있다. 내가 쓰던 물건들이 있다. 먹을 것들도 있다. 그래도 그것이 나의 것이다. 가족과 함께 한 집에 산다는 것보다 축복받은 인생은 없다. 여기서 '집'은 물질을 상징한다. 우리들 삶은 물질에 그 기본이 있기 때문이다.

이렇게 물질 다음에는 사람이다. 하루 중 '저녁때'가 있는 것처럼 살다 보면 누구에게나 '힘든 때'가 있기 마련이다. 그 힘든 때를 어떻게 넘기는가? 물질만 가지고서는 안 된다. 사람이 있어야 한다. 아니다. 물질은 나중이고 사람이 먼저다. 그래서 젊은이들에게 물질과 사람 가운데 선택할 필요가 있을 때는 사람을 먼저 선택하라고 일러주기도 한다. 내가 죽을병에 걸렸을 때 나를 살린 것은 약과 주사와 병원 시설과 같은 물질의 도움도 있었지만 더 많게는 의사와 간호사와 가족의 도움이었다. 물질보다는 사람이다.

그다음, 물질과 사람 위에 꽃으로 얹히는 것은 문화이다. 나의 시에서는 '노래'라고 표현했다. 역시 사람에게는 '저녁때'와 '힘들 때'가 있는 것처럼 '외로울 때'도 있게 마련이다. 이것은 정신의 문제로 인간은 물질과 사람만이 아니라 정신의 문제로도 힘들 때 외로울 때가 있다. 이때에 부르는 노래는 구체적인 노래만이 아니라 사람마다 좋아하고 즐겨 하는 모든 문화적인 행위를 총칭하는 그 무엇이다.

결국 인간은 집과 사람과 노래로 산다. 진정 그것이 그럴진대 이 세상 사람에게는 그 집과 사람과 노래가 없는 사람은 거의 없다. 그러므로 우리는 모두가 행복한 사람들이다. 다만 그 행복을 자기가 깨닫지 못할 따름이다. 그래서 나는 말한다. 이 세상에는 자기가 행복한 사람인 것을 아는 사람과 그것을 알지 못하는 사람이 있을 뿐이라고. 억지로라도 우리는 행복해야만 하는 사람들인 것이다.

기쁨

나태주

난초 화분의 휘어진
이파리 하나가
허공에 몸을 기댄다

허공도 따라서 휘어지면서
난초 이파리를 살그머니
보듬어 안는다

그들 사이에 사람인 내가 모르는
잔잔한 기쁨의
강물이 흐른다.

황금의 언어

사실 나는 두 번 사는 목숨이다. 교직 말년인 2007년 죽을병에 걸렸다가 살아난 다음부터는 나의 모든 것들이 달라졌다. 생각이 달라졌고 하루하루 인생, 삶이 달라졌다. 내일 일은 생각지 않는다. 다른 사람 일도 크게 걱정하지 않는다. 예전엔 날씨만 흐려도 지구가 죽어 가는가 싶어 고민을 했는데 지금은 그런 것은 이미 나의 일이 아니라고 여긴다.

다만 감사한 마음, 고마운 마음을 갖는다. 순간순간 숨 쉬고 하루하루 밥 먹고 물 마시며 사는 일이 고맙고 눈물겨울 따름이다. 주변에 있는 모든 사람도 다만 소중하고 안쓰럽고 함께 가는 이 인생길이 감사할 뿐이다. 그러다 보니 별로 걱정이 없고 마음의 불편함도 없다. 그저 푼수 없는 노인네가 되어 버렸다.

무엇보다도 내가 쓰는 시가 달라졌다. 시에 들어갔던 힘이 빠져 버렸다. 의도함이 없이 그냥 써지는 대로 쓴다. 주로 입말체로 쓴다. 그것도 짧은 형식으로 쓴다. 그러다 보니 헐거운 나의 시가 더욱 헐거워졌다. 평론가들이며 시인들은 나의 시를 별로 좋아하지 않는 눈치다. 뜯어보아야 속에 아무 것도 보이지 않기 때문일 거다. 겉이나 속이 같기 때문일 거다.

하지만 반대로 독자들은 좋아라 한다. 가령 인터넷 트위터를 살피면 아주 많은 젊은이들이 나의 시를 반복적으로 올리고 있다. 하루에도 수십 건씩 오르락거린다. 다만 놀라움이다. 이런 횡재가 어디 있는가. 강연 청탁도 너무 많이 들어와 일정을 소화해 낼 수가 없다.

강연장에 가서도 그렇다. 모든 세대들이 나의 시를 좋아한다. 초등학생들부터 중고등학생을 거쳐 대학생, 주부, 심지어 노인 세대까지 나의 시를 알고 있음을 확인한다. 이게 웬일인가 싶다. 특히 어린 세대가 나의 시를 좋아하는 일은 매우 수지맞는 일이다. 그들은 오랫동안 이 땅에 살면서 나와 나의 시를 기억해 줄 것이 아니겠는가.

한번인가는 학교 식당에 점심 얻어먹으러 갔을 때 밥을 푸던 아주머니가 나를 보면서 젊은 사람인 줄 알았는데 의외로 늙은 사람이라며 놀라기도 했다. 시가 달라지기도 했지만 이렇게 세상의 대접이 달라졌다. 어쨌든 이러한 놀랍고 고마운 현상을 앞에 두고 나는 시에 대해서 다시 한 번 머리를 조아린다. 역시 시는 영혼의 언어로 쓰인 문장이라는 것. 그러기에 설명 없이 분석 없이 이쪽으로 저쪽으로 간다는 것. 그것이 시의 놀라운 능력이다.

이것을 나는 '황금의 언어'라고 말하고 '영혼의 언어'라고 말하고 '신이 주신 언어'라고 말한다. 적어도 한 편의 시가 독자들한테로 가서 좋은 반향을 일으키려면살아남으려면 그 시에 이러한 언어가 반드시 들어 있어야 한다고 생각한다. 전편全篇의 언어가 그래야 한다는 건 아니고 한 구절이라도 그런 언어가 들어 있어야 한다. 이러한 언어가 들어 있는 시는 마치 종이 창문을 뚫고 주먹이 들어가듯이 독자들의 가슴을 치고 들어가도록 되어 있다.

어딘가 내가 모르는 곳에/ 보이지 않는 꽃처럼 웃고 있는/ 너 한 사람으로 하여 세상은/ 다시 한 번 눈부신 아침이 되고// 어딘가 네가 모르는 곳에/ 보이지 않는 풀잎처럼 숨 쉬고 있는/ 나 한 사람으로 하여 세상은/ 다시 한 번 고요한 저녁이 온다// 가을이다, 부디 아프지 마라.

내가 쓴 「멀리서 빈다」란 시이다. 이 시에서 가장 마음에 와 닿는 구절은 어디인가? 대번에 마지막 구절임을 사람들은 안다. 설명 없이 약속 없이 그냥 무작정 안다. '가을이다, 부디 아프지 마라.' 그것은 초등학교 학생들도 그렇고 어른들도 그렇다. 그만큼 인간은 언어적인 존재이고 영혼적인 존재이다. 그런 점에서 나는 언어를 가진 인간인 것에 대하여 감사하고 한국어와 한글을 사용하여 시를 쓰는 사람인 것에 대해서도 감사하는 입장이다.

한밤중에

나태주

한밤중에
까닭없이
잠이 깨었다

우연히 방 안의
화분에 눈길이 갔다

바짝 말라 있는 화분

어, 너였구나
네가 목이 말라 나를
깨웠구나.

세월호 사건, 그 이후

낯선 학교의 초청을 받아 역시 처음 보는 학생들을 상대로 강연을 하는데 아이들이 이야기에 집중해 주지 않을 때가 더러 있다. 그럴 때마다 내가 하는 방법은 딱 두 가지다. 하나는 미리 칭찬을 해 주기이고 세월호 사건을 이야기해 주는 방법이다.

얘들아, 내가 보니까 너희들 지금 참 말을 잘 듣고 있어. 내가 여러 학교를 다니면서 강연을 했는데 얘들아, 너희들이 지금 강연을 매우 잘 듣는 편이야. 뒤에 계신 선생님들에게도 말씀드립니다. 아이들 가운데 좀 졸거나 떠드는 아이들이 있어도 그냥 놔두시기 바랍니다. 이런 시간에 졸지 않고 언제 졸겠습니까!

그렇게 말하면 옆 아이와 장난치며 떠들던 아이들도 슬그머니 조용해지고 졸고 있던 아이까지도 눈을 번쩍 떠서 이야기에 집중한다. 아이들이란 참 이상한 데가 있다. 그다음은 세월호 사건 이야기다.

있잖아, 애들아. 세월호 사건을 너희들도 기억할 거야. 경기도 안산의 단원고등학교인가 하는 학교 2학년 아이들이 바다에 빠져 죽었지 않니. 그래서 잠수부들이 시체를 인양할 때 한 남학생의 시체를 인양하는데 그 시체 아래에 또 다른 시체가 끌려 나오는 거야. 살펴보니 그건 여학생의 시체였대. 그런데 말야. 두 학생의 시체가 하나의 줄로 연결이 되어 있었지 뭐니.

그 아이들이 서로의 몸을 줄 하나로 연결하여 묶은 거야. 죽는 순간 얼마나 아프고 힘들고 무섭고 괴롭고 그랬겠니. 그게 민물이 아니고 깊은 바닷물이야. 짜디짠 물이고 차가운 물이기 때문에 살갗을 칼날로 저미듯이 아픈 물이야. 그런 물이 발끝에서부터 발목으로 무릎으로 허벅지로 나중에는 배를 거쳐 목까지 차올랐다고 생각해 봐. 엄마를 부르고 아빠를 부르고 선생님을 부르고 하나님, 부처님을 모두 불렀지만 아무도 도와주지 못했지.

이야기가 여기까지 오면 아이들은 그만 숙연해지고 숨을 죽이며 내 말을 조곤조곤 따라오는 순한 양이 된다. 참 묘한 일이다. 세월호와 아이들. 아이들은 세월호의 사건을 자기들의 일로 받아들이고 있다. 그건 엄마들도 마찬가지다. 세월호 사건 뒤에 앵그리맘들이 급증했다. 이 앵그리맘들이 전국의 보수 교육감들을 밀어내고 진보 교육감들을 세웠다.

세월호 사건은 우리나라 국민 전체에게 지워지지 않는 진한 상처다. 옹이이고 멍이다. 세월호 사건 앞에서 우리나라 국민들은 집단스트레스 현상을 일으킨다. 그냥 한쪽으로 기울고 몸부림치도록 되어 있다. 트라우마란 것이 있다면 바로 이런 것이다. 그런데 그것이 과거형이 아니고 현재형, 미래형이라는 데에 심각성이 있다. 이 점을 또한 정부 당국자나 높은 자리에 있는 분들, 정치가들이 짐짓 망각하는 것 같아 더욱 걱정이다.

처음에 세월호 사건은 그냥 단순한 해운사고에 지나지 않았다. 신학기를 맞아 학생들이 단체로 배를 타고 제주도로 수학여행을 가다가 배가 전복된 사건이었다. 그런데 사건 뒤에 진행되는 어른들의 일들이 온 국민을 흥분하게 했고 화나게 만들었다. 사고 직후에 어른들이 조금만 더 현명하고 기민하게 대응하고 조치했더라면 그렇게나 많은 아이들을 한꺼번에 수장시키지 않아도 좋았을 일이다.

해당 해운회사의 불법적인 선박 개조며 무리한 선박 운항, 정부 당국의 무능한 대처. 그 모든 것이 종합적으로 발생, 국민의 공분을 일으키게 했던 것이다. 특히나 자기만 살겠다고 승객들을 버리고 선장의 옷까지 벗어버리고 탈출하는 선장의 모습은 더 이상 국민들의 인내심을 허용하지 않았다.

세월호 사건 그것은 앞으로도 오래 두고 우리 어른들이 지고 갈 멍에요 풀어야 할 하나의 숙제 같은 것이다. 진정 세월호 사건 비슷한 일들이 반복적으로 일어나는 한 우리나라는 선진국은 고사하고 잘사는 나라 축에도 낄 생각을 하지 말아야 한다. 이 모든 원인이 어른들에게 있고 어른 가운데에서도 돈 많은 사람, 높은 자리에 있는 사람들에게 있다는 점을 우리는 끝까지 기억하고 각성해야만 할 일이다.

완성

나태주

집에 밥이 있어도 나는
아내 없이는 밥을 먹지 않는 사람

내가 데려다주지 않으면 아내는
서울 딸네 집에도 가지 못하는 사람

우리는 이렇게 함께 살면서
반편이 인간으로 완성되고 말았다.

아내의 시 한 편

용무가 있어 예산을 지나는 길에 한 식당에서 목화솜이 핀 목화송이 한 줄기를 얻어 왔다. 목화는 일생에 두 번 꽃을 피운다는 말이 있다. 실지로 피는 꽃이 그것이고 목화솜으로 피우는 꽃이 또 그것이다.

실지로 피는 꽃은 분홍색 꽃인데 그 꽃이 지고 나면 동그스름한 열매가 열린다. 그 열매는 우리가 어린 시절 군입정거리로 자주 따서 먹곤 하던 열매다. 달짝지근하고 비릿한 게 맛이 여간 좋은 게 아니다. 적어도 이 목화 열매를 군입정거리로 따 먹은 기억이 있는 사람은 옛날 세대라 할 것이다.

이렇게 열린 열매가 다 익고 나서 가을이 되어 목화나무까지 시들고 나면 목화 열매가 터져서 새하얀 꽃이 핀다. 실지로는 꽃이 아니고 목화솜인데 사람들은 이것을 목화가 두 번째로 피우는 꽃이라고 부른다.

일찍이 목화에 대해서 잘 아는 아내는 내가 가져온 목화솜 가지를 대뜸 알아보았다. 그래서 그녀는 집 안에 던져 놓은 목화솜 가지를 가져다가 문학관 차방의 화병에 꽂아 두었다. 그리고는 시 한 편을 쓰기도 했다.

울면서 울면서

피어난 꽃

한번 피어서는

오래 지지를 않네.

- 김성예, 「목화솜」 전문, 2017. 1. 1

시는 이렇게 짧아야 하는 글이다. 떼어 낼 것은 충분히 떼어 낸 간결한 그림이어야 한다. 그걸 아내 김성예가 알고 이런 글을 썼으니 목화솜을 낯선 고장 예산에서까지 얻어 온 보람이 있다 하겠다. 아내가 슬쩍 쓴 한 편의 짧은 시. 좋다. 여기에 적어 두면서 기념한다.

초혼

김소월

산산이 부서진 이름이여!
허공중에 헤어진 이름이여!
불러도 주인 없는 이름이여!
부르다가 내가 죽을 이름이여!

심중에 남아 있는 말 한 마디는
끝끝내 마저 하지 못하였구나.
사랑하던 그 사람이여!
사랑하던 그 사람이여!

붉은 해는 서산마루에 걸리었다.
사슴의 무리도 슬피 운다.
떨어져 나가 앉은 산 위에서
나는 그대의 이름을 부르노라.

설움에 겹도록 부르노라.
설움에 겹도록 부르노라.
부르는 소리는 비껴가지만
하늘과 땅 사이가 너무 넓구나.

선 채로 이 자리에 돌이 되어도
부르다가 내가 죽을 이름이여!
사랑하던 그 사람이여!
사랑하던 그 사람이여!

국민시인

언뜻 '국민'이라 그러면 매우 근엄하고 딱딱하게 들릴지 모른다. 그동안 우리가 국민이란 말 자체를 공식적이고 사회적인 내용에 주로 써먹기만 해서 그럴 것이다. 그런데 이러한 국민이라는 용어도 가끔은 정겹고 친근한 분위기로 들리는 때가 있다. 국민배우, 국민가수와 같이 예능 분야와 결합되어 사용될 때가 그것이다.

배우든 가수든 국민이란 말이 그 이름 위에 수식으로 붙는다는 것은 그리 쉬운 일이 아니다. 그것은 명예의 궁극과 같은 것이다. 그러기 위해서는 국민 대중의 폭넓은 지지와 사랑이 필요할 것이다. 그것도 단기간의 것이 아니라 지속적이며 항구적인 지지와 사랑이 전제되어야 할 것이다.

가끔 우리는 주변에서 국민시, 국민시인이란 말을 듣기도 한다. 그 두 가지 개념 가운데서는 국민시가 먼저다. 국민 대중으로부터 폭넓게 사랑받는 시가 있어야만 국민시인이 된다는 말이다. 우리가 일찍이 국민시인이란 말을 들어본 것은 외국의 예로 러시아의 푸시킨, 미국의 프로스트 같은 이름들이 여기에 해당될 것이고 최근에는 일본의 다니카와 슌타로 같은 이름들에서 그 자연스러운 사용을 보았을 것이다.

글쎄, 우리나라의 경우는 아직은 안정된 합의나 독자의 인정이 부족하여 어떤 시인의 시를 국민시라고 평가하고 또 어떤 시인을 국민시인이라 부를지 답답한 구석이 있다. 그런 가운데 그런대로 답을 내 보고자 강연장에 나가 중·고등학교 학생들에게 질문을 던질 때가 있다.

너희들이 가장 좋아하는 시인의 이름은 누구이며 그 시인의 한 편의 시를 고르라면 어떤 시이냐? 왜 그 시인의 시가 그렇게 좋으냐? 선뜻 대답이 나오지 않는다. 그러면 이편에서 시인의 이름을 대 주고 작품 이름도 대 준다. 그제서야 아이들은 힘겹게 두 사람의 이름을 떠올린다. 김소월과 윤동주. 더러는 백석을 입에 올리지만 아직은 아니다.

우선은 작품이라 그랬다. 국민시라 그러면서 일부 계층이나 특수집단, 이념적 한계 안에서만 지지받는 시라면 애당초 불합격이다. 우리는 좋은 시작품의 요건으로 두 가지를 든다. 개성과 보편성. 앞의 것은 그 작품만이 지닌 독특하고도 특별한 점이고 뒤의 것은 보다 많은 사람들에게 폭넓게 이해되고 적용되는 외연과 활용의 문제다.

진정으로 좋은 시, 국민시가 되기 위해서는 시를 잘 알고 유식한 사람들에게만 이해되고 통용되는 시여서는 곤란하다. 오히려 시를 모르는 일반인들, 시에 무관심한 평범한 생활인들까지도 충분히 알고 사랑해 주는 시가 되어야 한다. 그것이 필요충분조건이다.

하나의 작품이 개성과 보편성을 두루 지닌다는 것은 쉬운 것 같으면서도 어려운 문제다. 이러한 요건을 구비했을 때 우리는 그 작품에 아우라 Aura: 예술 작품에서, 흉내 낼 수 없는 고고한 분위기가 있다고 말한다. 이러한 아우라가 있어야만 국민시가 될 수가 있는 일이다. 그렇지만 생애에서도 시인으로서의 흠결이 없어야 한다. 그래야만 선뜻 국민시인이라고 인정받는다.

어린아이로부터 어른을 거쳐 노인에게까지 지지받는 시 한 편을 지닌 시인을 찾기가 끝내 어렵다. 또 그의 시는 시간적 공간적 제약을 벗어나 오늘 여기에서뿐만 아니라 내일 저기에서도 충분한 사랑과 지지를 얻어내야 한다. 정말로 우리가 그런 시를 한두 편 알고 있고 그런 시인 한두 사람 갖고 있다면 그것은 개인적인 기쁨을 넘어선 민족적인 영광이다. 진정 그런 시인은 죽어서도 죽지 않는 시인이 되고 그 시인의 시는 민족의 언어와 더불어 영원히 사는 시가 될 것이다.

어느 학교에선가 학생들에게 "윤동주 선생은 몇 살에 돌아가셨습니까?"라고 물었는데 한 아이가 번쩍 손을 들더니 "아닙니다. 윤동주 선생님은 돌아가시지 않았습니다."라고 대답한 일이 있다. 듣고 있던 아이들이 와르르 웃었지만 그 아이의 가슴속에는 아직도 죽지 않고 살아서 숨 쉬는 젊은 윤동주 시인이 있다고 본다. 이것이야말로 한두 편의 시작품이 만들어 내는 놀라운 세상이다.

죽는 날까지 하늘을 우러러/ 한 점 부끄럼이 없기를,/ 잎새에 이는 바람에도/ 나는 괴로워했다. / 별을 노래하는 마음으로/ 모든 죽어가는 것을 사랑해야지/ 그리고 나한테 주어진 길을/ 걸어가야겠다.// 오늘 밤에도 별이 바람에 스치운다.

- 윤동주, 「서시」 전문

윤동주 선생이 시집 출판을 위해 18편의 자작시를 육필로 쓰고 시집의 서문 삼아 맨 앞에 쓱 써넣은 글이 바로 이 글이다. 처음에는 제목도 없는 글이었다. 나중에 사람들이 책을 낼 때 여기에 '서시'라 이름을 붙여서 「서시」가 된 것이다. 그렇지만 시집 이름인 '하늘과 바람과 별과 시'가 다 들어 있는 유일한 문장이 바로 이 작품이다. 이 시가 없었다면 윤동주 선생의 시집도 없다고 보아야 한다.

특히 이 시에서 두고두고 감동을 자아내는 부분은 '오늘 밤에도 별이 바람에 스치운다.'라고 한 마지막 부분이다. 이 부분이야말로 신이 주신 문장이다. 100년 전윤동주 선생은 1917년 출생이다. 만주벌의 하늘을 바라보면서 청년 윤동주가 우러렀던 그 별은 식민지 조선에서도 빛나던 그 별이고 오늘날에도 여전히 빛나는 우리들의 별이다.

이 별로 해서 윤동주 선생의 시는 여전히 우리에게 인생의 각성을 주고 감동을 주는 시가 되었고 윤동주 선생은 영원한 우리들의 청춘 시인이 되었다. 시인 윤동주. 그는 우리 민족의 언어와 더불어 영원히 우리와 함께하는 길벗이요 인생의 스승이다. 가히 국민시민이라 부를 만하다.

애너벨 리

에드거 앨런 포

아주 아주 오랜 옛날
바닷가 한 왕국에
애너벨 리라 불리는
한 소녀가 살았다네.
나를 사랑하고 내 사랑 받는 일밖에는
아무런 다른 생각도 없는 그녀가 살았다네.

나 어렸었고 그녀도 어렸었지,
바닷가 이 왕국에.
그러나 나와 나의 애너벨 리는
사랑 이상의 사랑을 하였다네.
천국의 날개 달린 천사들도 그녀와 나를
부러워 할 만큼 말이야.

그것이 이유였네, 오래전,

바닷가 왕국에.

바람이 구름으로부터 불어와

내 어여쁜 애너벨 리를 싸늘하게 하였다네.

그리하여 그녀의 지체 높은 친척들이 찾아와

나로부터 그녀를 데려가

바닷가 왕국의 무덤에

가둬 버렸다네.

하늘나라에서 우리의 반쯤밖에

행복하지 못했던 천사들이

그녀와 나를 시기한 탓이었네.

그렇지! 그것이 이유였지

(바닷가 이 왕국 모든 사람들이 알고 있듯이).

구름으로부터 바람이 불어와

나의 애너벨 리를 숨지게 한 것은.

그러나 우리들의 사랑은 훨씬 더 강했었네.
우리보다 나이 많은 사람들의 사랑보다도
우리보다 현명한 사람들의 사랑보다도.
그리하여 하늘나라 천사들도
바다 밑 악마들도
나의 영혼을 아름다운 애너벨 리의
영혼으로부터 떼어놓을 수 없었다네.

달빛도 내가 아름다운 애너벨 리의
꿈을 꾸지 않으면 비추지 않고
별빛도 내가 아름다운 애너벨 리의 빛나는
눈을 바라보지 않으면 반짝이지 않네.

그래서 나는 밤이 지새도록
나의 사랑, 나의 사랑, 나의 생명,
나의 신부 곁에만 누워 있네.
바닷가 그곳 그녀의 무덤에
파도소리 들리는 바닷가 그녀의 무덤에.

종교적 경험

지난 2015년의 일이다. 나로서는 드물게 서울의 예술의전당 한가람미술관에서 열린 마크 로스코의 전시회를 보러 간 일이 있다. 작품이 많고 작품의 생산 연대별로 섹션이 되어 있어서 찬찬히 그림을 살피는 데 무려 4시간이 소요되었다.

내가 뭐 그림을 잘 알아서 그런 것은 아니다. '색면 추상'이란 말에 이끌림이 있었다. 형체를 버리고 색과 면으로 다가오는 화가의 화폭이 참 맘에 들었다. 그것은 매우 단순하면서도 순연한 그림 세계였다. 전시장을 돌다 보니 그림을 보러 온 청소년들이 많았고 더러는 그림 앞 의자에 오랫동안 앉아 있는 아이들도 보였다.

저 아이들은 왜 하나의 그림 앞에 저토록 오래 앉아 있는 것일까? 나는 집으로 돌아오면서 생각해 보았다. 일견 그림을 감상하기 위해서 그러고 있었다고 볼 수도 있다. 그렇다면 그 아이들은 그림을 얼마나 알고서 그림을 보는 것일까?

결론은 그림을 알지 못하기 때문에 그렇게 오래 그림 앞에 앉아 있었을 것이란 것이다. 만약에 명확하게 그림을 알았다면 그렇게 오래 앉아 있었을 까닭이 없다. 여기서 내가 얻은 화두는 이렇다. '아는 만큼 보이고 모르는 만큼 느낀다.' 아는 것은 분석적이며 이성적인 정신활동이다. 아는 것은 아는 것으로 금방 결말이 난다. 그러나 모르는 것은 호기심을 유발하면서 사람으로 하여금 무언가 그리움을 갖게 만든다.

요는 느낌이다. 느낌이 소중한 것이다. 아이들도 그 느낌이 그림에서 올 때까지를 기다려 그렇게 그림 앞에서 앉아 있었을 것이다. 느낌은 알음알이와는 다르다. 그것은 불분명한 것이지만 떨림 그 자체이며 존재 그 자체로 있는 그 무엇이다. 오히려 생생한 생명 현상이다.

이것은 시인과 독자와의 관계에서도 마찬가지다. 시인은 자기의 감정을 언어에 투영하여 시를 쓴다. 이 시가 독자에게로 간다. 이때의 시는 화가의 그림과 같은 작용을 한다. 독자가 만나는 것은 시인이 아니라 시작품이다. 그렇지만 독자는 시를 통해서 언어의 뒤편에 있는 시인의 감정을 느끼고 드디어 시인을 만나기도 한다.

*시인→감정→언어→시(독자)→언어→감정→다시 시인

*예수/석가→말씀→믿음→경전(신도)→말씀→믿음→다시 예수/석가

이는 종교인들이 경전을 통해 그 최초의 종교적 인물, 교주와 만나는

과정과 행위와 같다고 볼 수 있다. 결코 이해나 분석이나 합리적 방법을 통해서가 아니다. 초월이 있고 믿음이 있고 몰입이 있을 뿐이다. 마찬가지로 시인과 독자도 시를 매개 삼아 하나가 된다. 거기에 알음알이 같은 지적인 작용은 없다. 오직 마음의 떨림이 있을 뿐이다. 그 어떤 설명이나 의식이나 분석적 노력 없이도 이쪽의 마음이 저쪽의 마음과 이어진다. 이 것이 놀라운 일, 종교적 경험이다.

나는 색의 관계나 형태, 그 밖의 다른 것에는 관심이 없다. 나는 단지 기본적인 인간 감정들, 그러니까 비극, 황홀, 숙명 등을 표현하는 데에만 관심을 가지고 있다. 사람들이 내 그림을 대할 때 주저앉아 울음을 터뜨린다는 사실은, 내가 인간의 기본 감정과 소통한다는 것을 보여 준다. 내 그림 앞에서 눈물을 흘리는 사람은 내가 그것을 그릴 때 느낀 것과 같은 종교적 경험을 하는 것이다.

마크 로스코의 설명이다. 마크 로스코에게 있어서 종교적 경험이란 '내가 그것그림을 그릴 때 느낀 것과 같은' 것을 알아서느껴서 관람자가 '내 그림을 대할 때 주저앉아 울음을 터뜨린' 것이 되며 '내 그림 앞에서 눈물을 흘리는' 행위가 된다. 이는 따지지 않고분석적이지 않고, 논리적이지 않고, 이성적이지 않고 오로지 감동만으로 이해와 몰입이 가능한 감정 과정을 말한다.

마크 로스코는 또 이런 말을 남기기도 했다.

그 그림을 중시한다면 마치 음악이 그런 것처럼 당신은 그 색이 될 것이고, 전적으로 그 색에 젖어 들게 될 것이다.

이 문장을 시인의 입장으로 바꾸면 이렇게 된다.

그 시를 중시한다면 마치 음악이나 그림이 그런 것처럼 당신은 그 언어가 될 것이고, 전적으로 그 언어에 젖어 들게 될 것이다.

시를 쓰는 사람이거나 시를 바르게 감상하고 싶은 사람은 이런 말들을 십분 참고하여 자기의 것으로 해야 한다. 나는 그림을 잘 모르는 사람이지만 마크 로스코라는 미지의 화가의 작품과 발언을 통해 우리들의 시 작품이 보다 본질적인 세계로 돌아가야만 하고 보다 순수해져야 한다는 것을 다시금 깨닫고 각성하게 된다. 감사한 일이다.

씨 뿌리는 계절, 저녁

빅토르 위고

지금은 해 질 녘
나는 문간에 앉아
노동의 마지막 순간을 비추는
하루의 끝을 찬미한다.

남루한 옷을 걸친 한 노인이
밤이슬 젖은 땅에
미래의 수확을 한 줌 가득 뿌리는 것을
마음 흐뭇하게 쳐다본다.

그의 크고 검은 그림자가
이 넓은 밭을 가득 채우니
그가 계절의 소중함을 얼마나 믿고 있는지
우리는 알고 있다.

농부는 넓은 들판을

오가며 멀리 씨를 뿌리고

손을 폈다가는 다시 시작하고

난 숨은 목격자가 되어 혼자 쳐다본다.

어둠은, 소란한 숨소리와 뒤섞이어

검은 장막의 깃을 펴며

씨 뿌리는 이의 장엄한 모습은

별나라에까지 이를 듯하다.

시가 사람을 살린다

  인간의 마음 가운데는 시비是非와 호오好惡의 마음이 있는데 그중에서
더 강력한 마음은 호오의 마음이다. 일단 시비, 옳고 그름의 마음은 한 번
으로 결판이 난다. 그러나 호오, 좋고 싫음은 절대로 한 번으로 결판이 나
지 않는다. 그만큼 뿌리가 깊고 수정이 잘 되지 않는 마음이 바로 그 마음
이다. 우리들 삶을 이끌고 가고 멀리까지 안내하는 마음도 바로 호오의
마음, 즉 감성의 마음이다.

  문학 작품 가운데서도 시는 오로지 감성의 마음에 의지하는 예술품이
다. 그러므로 시는 사람의 마음을 울려 준다. 아니, 울려 주어야만 한다.
여기서 울려 준다는 것은 감동을 말한다. 감동, 임팩트, 그것은 시가 가져
야 할 가장 중요한 덕목이요 조건이다. 감동을 하게 되면 엔도르핀보다도
강력한 다이도르핀이라는 호르몬이 우리 몸에서 나온다고 그런다. 이 호
르몬이 우리를 기쁘게 하고 만족감을 갖게 하여 끝내는 행복감에 이르도

록 한다고 그런다. 그렇다면 시를 읽고 시를 사랑하는 일은 우리들 인간이 행복해지는 지름길이라고 할 수도 있을 것이다.

인간은 어디까지나 즐거움을 쫓는 성향이 강하고 이로움을 추구하는 마음이 강하다. 하기 좋은 말로 헌신, 봉사, 희생, 그런 말들을 하지만 인간은 다분히 이기적인 존재이고 이로움을 추구하는 것이 속일 수 없는 한 본성이다. 왜 우리가 시를 좋아하고 시를 읽는가? 시를 읽고 좋아해서 아무런 이득도 되지 않는다면 아무도 시를 좋아하지 않을 것이고 시를 읽지도 않을 것이다.

역시 시는 읽어서 이로움이 있어야 하겠다. 무슨 이로움인가? 현실적이고 물질적인 이로움이 아니다. 그것은 마음의 이로움이고 정신의 이로움이다. 마음의 기쁨이요 만족이다. 한 발 더 나간다면 힘겨운 삶에 대한 위로와 응원이다. 그래, 당신 마음을 내가 알아. 당신은 결코 혼자가 아니야. 당신은 그 힘든 마음이나 어려움에서 헤어나야만 해. 그래, 당신은 충분히 행복해지고 아름다워지고 칭찬받을 자격이 있고 그럴 만한 이유가 있어. 내가 그것을 보장하고 내가 그것을 응원할 거야.

만약 우리가 읽는 시가 이런 암시를 주고 이런 역할을 해 준다면 그 누구도 시를 읽지 않을 사람은 없을 것이다. 시를 좋아하고 시를 원하는 사람들은 모두가 이런 심정으로 시를 가까이하는 것이다. 오늘날 사람들은 의외로 사는 일이 힘들고 지친다고 한다. 우울하고 불행하다고 호소한다. 의기소침하고 소외감, 열등감에 빠져 있다고 말한다. 이런 사람들에게 무엇이 위로가 되겠고 무엇이 응원이 되겠는가?

오늘날 우리들 삶은 밥이나 옷이나 집과 같이 현실적인 것들만으로는 많이 부족하다. 마음을 다치고 마음이 힘든 데에는 마음의 치료가 있어야 한다. 마음을 다스려 주고 마음을 쓰다듬어 주고 마음을 밝게 해 주는 그 어떤 것이 있어야 한다. 이런 때 가장 적절하게 동원되어야 할 것은 시이다. 최근, 중학생이나 초등학생들까지도 열정적으로 시를 좋아하고 시를 사랑하는 모습을 보면서 시가 바로 우리들 정신적인 어려움을 해결해 주는 묘약이란 것을 새삼 느끼고 깨닫곤 한다. 마음의 파이팅! 그 뒤에 시가 있다고 말할 수 있겠다.

실로 시는 왜소한 문학형식이다. 외형도 그렇고 내용도 별스럽지 않다고 말할 수 있겠다. 현실 사회에서 시인은 무익한 사람들처럼 보일 수도 있다. 그렇지만, 그렇지만 말이다. 가끔은 시 한 편을 읽고 삶의 의욕을 되찾았다고 말하는 사람들이 있다. 자기 인생을 되돌아보고 삶의 궤적을 바로잡았다고 말하는 사람도 있다.

공주에는 내가 관여하는 공주풀꽃문학관이란 집이 있다. 주말이면 주로 그곳에 머물며 전국에서 찾아오는 사람들을 만나 대화를 하는데 때로는 방문객들로부터 놀라운 말을 듣기도 한다. 어느 날인가는 서울에서 찾아온 여성 독자분이 자신은 우울증에 오래 시달렸는데 시를 읽고 나서 우울증이 나았다고 말하는 것이었다. 그 말을 듣고 나는 놀라는 마음이었고 한편으로는 기쁜 마음이기도 했다. 아, 정말로 그런가? 정말로 시가 우울증 환자를 고칠 수 있단 말인가? 정말로 그것이 그렇다면 진정 감사한 일이 아닐 수 없는 것이다.

큰 병 얻어 중환자실에 널브러져 있을 때
아버지 절룩거리는 두 다리로 지팡이 짚고
어렵사리 면회 오시어
한 말씀, 하시었다

애야, 너는 어려서부터 몸은 약했지만
독한 아이였다
네 독한 마음으로 부디 병을 이기고 나오너라
세상은 아직도 징글징글하도록 좋은 곳이란다

아버지 말씀이 약이 되었다
두 번째 말씀이 더욱
좋은 약이 되었다.

이것은 내가 쓴 「좋은 약」이란 시이다. 2007년, 큰 병에 걸려 중환자실
에 있을 때 연로하신 아버지가 면회 오셔서 하신 말씀을 기억해 두었다가
나중에 쓴 작품이다. 이 작품에서 가장 중요한 부분은 '세상은 아직도 징
글징글하도록 좋은 곳이란다.'라는 문장이다. 실은 이 문장은 어법에 맞
지 않는 표현이다. '징글징글'이란 단어는 긍정적인 용법의 단어가 아니고
부정적인 용법의 단어다. 그러나 여기에서는 이 말밖에는 다른 말을 쓸
수가 없었다.

정말로 나는 그 절체절명의 순간순간을 견디면서 '징글징글하다'는 말이 그렇게도 마음의 힘이 될 수 없었던 것을 기억한다. 요즘 젊은이들이 잘 쓰는 표현에 '내 몸이 기억한다.'란 말이 있는데 그야말로 이 말은 나의 마음만이 아니라 나의 몸, 그러니까 전신이 기억해서 삶에 힘이 되고 용기가 되고 인내가 되어 준 말이다. 그렇다면 이 말은, 아니 이 문장은 힘든 시절의 나를 살렸다는 말이 되기도 할 것이다. 우리에게 있어서 말이란 것은 이렇게 중요하고 소중하고 다급한 것이다.

　이것은 단어 하나나 짧은 문장에 관한 이야기지만 실지로 시는 시를 읽는 사람만 아니라 시를 쓰는 시인에게도 많은 도움을 준다. 나는 왜 어린 시절부터 시에 매달렸고 시를 썼던가? 가장 중요한 이유는 시를 쓰지 않으면 안 될 것 같아서였고 시를 쓰면 마음이 놓이고 편안해졌기 때문일 것이다. 그렇다. 시는 내가 살아남을 수 있는 생존 방법 그 자체였던 것이다.

　실로 한 편의 시가 인간을 살린다. 시를 읽는 독자만 살리는 것이 아니라 시를 쓰는 시인도 살린다. 부디 혜리 네가 어렵사리 찾아서 읽는 시가 혜리 너를 살리고 혜리 너의 이웃을 더불어 살릴 수 있는 묘약이 되기를 기원한다.

시인

김태형 경기 고양중학교 3학년

나태주 시인님의 「시인」이라는 시는 손유록 선생님과 함께 공주에 방문했을 때 한 번, 시인님께서 학교로 강의 오셨을 때 두 번 낭송한 작품이다. 이젠 눈 감고도 줄줄 읊을 정도다. 좋아하는 시가 무엇이냐 라고 묻는다면 주저 없이 대답할 수 있는 시이다.

「시인」을 처음 접한 건 시집 『시인들 나라』에서였다. 나태주 시인님의 시 중에 가장 마음에 드는 시를 고르라는 손유록 선생님의 과제였다. 시집의 제목이 『시인들 나라』인 만큼 「시인들 나라」라는 시가 궁금해 책의 4부부터 읽어 보았다. '시인들의 나라는 어떤 나라일까? 시인들의 나라 속 시인들은 어떤 분들일까? 시인이란 누구일까?' 책의 끝자락인 4부의 시들을 읽어 나갔다. 최대한 천천히, 깊게 책장을 넘겼다.

그러던 도중 한 페이지에서 멈췄다. 시가 너무 예뻤다. 시에서 나오는 옛날의 솜씨 좋은 시인들은 시를 꽃나무 가지에 걸어 놓고 개울물에게 맡기고 새들에게 부탁하기도 한다는 표현들이 예뻤다. 다시 한 번 읽어 보았다. 마지막 연의 옛날의 솜씨 좋은 시인들 앞에서 본인을 작게 대하는 겸손한 태도가 나 역시도 그래야 한다고 훈시하는 것 같았다. '시인들 나라'까지 갈 필요가 없어졌다. '시인들 나라' 덕분에 만났다. 마음을 굳혔다. 나는 「시인」이라는 시가 가장 좋았다.

'옛날의 솜씨 좋은 시인들은 시를 써/ 꽃나무 가지에 걸어 놓고/ 개울물에게 맡기고/ 새들한테 부탁하기도 했다// 더러는 달빛에게도 주고/ 자기네 집 소 뿔 위에 꽃다발로 얹어주기도 하고/ 기르는 강아지 밥그릇에 슬쩍 넣어주기도 했다.' 시의 1연과 2연이다. 옛날의 솜씨 좋은 시인들이 시를 대하는 태도가 나와 있다. 자연 서정의 표현들이 참 예쁘다.

눈앞에 선비 같은 시인들이 정자에 앉아 풍류를 즐기는 모습이 눈에 선하다. 흐르는 개울물이 시가 되고, 살랑이는 나뭇잎이 시가 되고 그저 숨 쉬듯이 시를 곁에 두는 그들의 모습이 떠올랐다. 작은 돌멩이 하나라도 사랑하고 저 하늘 구름도 시가 되어 가둬 두지 않고 바람에 날려 보내는 시인들이 아른거렸다. 그렇게 곧장 연결되었다.

시인이란 어떤 사람일까? 전에 나태주 시인님께서 "시인은 시를 쓰는 사람이다."라고 말씀하셨다고 손유록 선생님께 전해 들은 적이 있다. 시를 쓰는 사람? 와 닿지 않던 말씀이었다. '시인이면 등단을 해야 되고 등단하려면 쓴 시집 정도는 있어야 되고, 시집은 어떻게 쓰지?' 이런 생각을 했었다.

하지만 이 시를 읽으면서 느껴졌다. 그 생각마저도 세속적인 생각임을. 당장 나의 방 안 가득 채워 주는 햇살에게, 그 햇살을 들이고 추위는 막아 주는 창문에게, 창문 틈 사이에서 말 한번 걸어 주기를 기다리는 먼지들에게, 시를 선물해야겠다. 시인은 그런 거다.

'그러나 솜씨가 떨어져도/ 한참은 떨어지는 나는/ 겨우 종이에 시를 쓰며 이렇게/ 한평생 살아갈 수밖에는 없는 노릇이다.' 나태주 시인님이 앞선 시인들에 비해 본인을 낮추어 표현하신 3연이다. '겨우 종이에 시를 쓰며'라는 구절에서 속세 안에서 살아갈 수밖에 없는 통탄스러운 마음이 느껴졌다.

항상 배우는 태도를 가져야 한다. 누군가의 장점에서 따를 점을, 누군가의 단점에서 배척할 점을. 다시금 마음을 다잡을 때면 시를 생각하고는 한다. 「시인」이란 시는 나로 하여금 '시인'이란 뭔가를 알게 하고 겸손한 태도를 배우게 한다.

나태주 시인의 사랑시집을 읽고서

이정하 경기 고양중학교 3학년

『지금도 네가 보고 싶다』라는 사랑시집을 선물 받아서 읽었을 때 가장 처음으로 읽었던 시는 「치명적 실수」라는 시이다. 시집을 펼치고 목차를 읽어 보다가 제목에 실수라는 단어가 눈에 띄었다. 편견일 수도 있지만 보통 '실수'라는 단어가 들어가면 좋지 못한 결과를 얻을 때가 많기 때문에 이별시가 아닐까 하는 생각을 했다. 기분이 우울했던지라 마침 읽고 싶었던 시가 이별시였다. 그래서 맨 처음 읽게 되었다.

처음 읽었을 때는 내가 생각했었던 이별시가 아니라 사랑시라는 것을 알게 되었다. 평소 로맨스 소설 같은 사랑 이야기는 잘 보지 않는 편인데 이 시는 사람들이 말하는 오글거림과는 다르게 뭔가 행복하다는 느낌이 강했던 것 같다.

두 번째로 읽었을 때 시 속의 '나'가 시를 읽고 있는 내가 아닌가 하는 생각을 하게 되었다. 지금의 나도 같은 나이의 애를 짝사랑하고 있는데 나도 짝사랑하는 그 애의 앞에만 서면 평소와는 다르게 행동하게 되고, 말 하나하나에 신경을 쓰게 된다. 시를 보면 사랑을 느끼게 될 때의 감정, 행동을 표현한 것 같은 부분이 2연인 것 같다고 생각하는데 2연의 1행과 2행을 보면 '네 앞에서 나는 무한히 작아지고/ 부드러워지고'라는 부분이 나도 모르게 시 속의 '나'가 내가 된 것 같은 생각을 일으킨 결정적인 원인이 아닐까 싶다.

시의 전체적인 분위기는 내가 생각하기에는 행복하고, 사랑시인 만큼 사랑에 대한 감정도 같이 시에 녹아 있다고 생각한다. 그래서 나처럼 짝사랑을 하는 사람들이나 사랑을 나누는 사람들이 공감대를 이루기 쉽지 않을까 하는 생각 때문에 사랑을 하고 있는 사람한테 추천해 주고 싶은 시라고 생각한다.

시집에서 두 번째로 골라 읽었던 시는 「그리고」라는 시이다. 처음 「그리고」라는 시를 읽고 나서 나의 머릿속에 들어온 사람은 연인이 아닌 가족이었다. 나와 친분이 있는 사람이 떠나가도 당연히 슬프겠지만, 가족이 떠나간다면 아마 그 슬픔은 이루 말할 수 없을 정도로 가슴이 막힐 거라고 생각이 든다. 가족 생각이 난 뒤에 드는 생각은 누군가를 잊어 간다는 것이 별거 아닌 사람들도 있겠지만, 그것이 엄청난 슬픔인 사람들도 많을 것 같다는 생각을 어느 순간 하게 되었다.

시를 읽는 내내 가슴이 먹먹해졌는데 아무래도 시의 내용이 나에게는 슬프게 다가온 것 같다. 시를 보면 계속해서 하지 못하는 것을 나열해서 1연에 적어 놓았는데, 사실 1연에서 소개하고 있는 일들은 마음만 먹으면 쉽게 할 수 있는 일이다. 하지만 어렸을 때이지만 나도 저렇게 사소한 것조차도 하지 못하게 된 적이 있었다.

어린이집 다닐 때 친하게 지냈던 친구가 초등학교로 올라가면서 이사를 간 뒤로 단 한 번의 연락도 주고받지 못했다. 올해로 그 친구를 보지 못한 지 9년 정도 되었는데 이제는 앨범을 꺼내서 보지 않으면 얼굴도 기억이 나지 않고 목소리는 잊어버린 지 오래이다. 유치원 때 계속 붙어 다녔어도 이제는 보고 싶어도 만나지 못하고 가끔 가다 생각이 날 뿐이라서 슬펐던 적이 있었다.

나중에 시간이 지난 후 이 시를 다시 읽어 보면 위로가 될 수 있지 않을까라고 생각했다. 지금은 어리고 성숙해지지 않아서 그런지 아직은 깊은 공감이 형성되지는 않는 것 같다. 하지만 나중에 조금 더 자라서 어른이 돼서 시 속의 내용처럼 만약 누군가를 잃어버리게 된다면 그때는 이런 감정이나 느낌을 아는 사람도 있구나 하고 어느 순간에는 깊이 공감하며 이해하고 시에게 위로를 받을 수 있는 날이 오지 않을까 생각해 본다.

나태주 시인의 시는 행복, 슬픔, 괴로움, 희망, 위로 등 다양한 감정을 느끼게 해 준다. 그러기에 일상생활에서 가까이 찾아볼 수 있는 이른바 좋은 글이라고 불리는 것이 아닐까 생각한다.

내가 사랑하는 계절

나태주

내가 제일로 좋아하는 달은
11월이다
더 여유 있게 잡는다면
11월에서 12월 중순까지다

낙엽 져 홀몸으로 서 있는 나무
나무들이 깨금발을 딛고 선 등성이
그 등성이에 햇빛 비쳐 드러난
황토 흙의 알몸을
좋아하는 것이다

황토 흙 속에는

시제 지내러 갔다가

막걸리 두어 잔에 취해

콧노래 함께 돌아오는

아버지의 비틀걸음이 들어 있다

어린 형제들이랑

돌담 모퉁이에 기대어 서서 아버지가

가져오는 봉송 꾸러미를 기다리던

해 저물녘 한때의 굴품한 시간들이

숨 쉬고 있다

아니다 황토 흙 속에는
끼니 대신으로 어머니가
무쇠솥에 찌는 고구마의
구수한 내음새 아스므레
아지랑이가 스며 있다

내가 제일로 좋아하는 계절은
낙엽 져 나무 밑동까지 드러나 보이는
늦가을부터 초겨울까지다
그 솔직함과 청결함과 겸허를
못 견디게 사랑하는 것이다.

부처죽음

월탄 박종화 선생은 유명한 시인이며 소설가였다. 젊어서 빙허 현진건 선생과 친구였는데 현진건 선생 또한 유명한 소설가였다. 두 분은 서로 자주 만나는 절친한 친구였는데 두 분에게는 각각 아들과 딸이 하나씩 있었다. 두 분은 이다음에 자식들이 자라면 자식들을 결혼시키자고 약속했다.

그런데 현진건 선생이 먼저 세상을 떠났다. 43세의 나이였다. 아끼던 외동딸을 결혼시키지도 못하고 세상을 떠난 것이다. 현진건 선생이 세상을 떠난 뒤 박종화 선생은 고인과의 약속을 지켜 현진건 선생의 따님을 당신의 며느리로 들였다.

며느리를 맞은 날, 박종화 선생은 며느리를 앞에 앉히고 이렇게 말했다. "너는 내 며느리이지만 친구의 딸이기 때문에 나에게 딸이기도 하다. 우리 그렇게 알고서 살자." 정말로 그것은 그랬다. 현진건 선생의 딸, 즉 박종화 선생의 며느리는 지극정성으로 시아버지를 모셨다.

박종화 선생은 며느리가 끓여 주는 국을 좋아했다. 며느리는 우선 정육점에 가서 사골을 사다가 뒤뜨락에 커다란 솥을 걸고 거기에 사골을 며칠이고 끓였다. 그런 다음 끼니 때마다 한 그릇 떠내어 거기에 된장을 약간 풀고 다시 끓였다. 그런데 거기에 함께 들어가는 부재료가 중요했다.

박종화 선생이 감자나 호박 같은 채소를 자시고 싶어 하면 그런 것들을 썰어 넣었고 해물을 자시고 싶어 하면 생선이나 조개류를 넣어서 끓였다. 뚝배기 그릇과 거기에 기본적으로 들어가는 사골국물과 된장은 똑같은데 부재료가 다르니 박종화 선생에게는 세상 그 어떤 음식보다도 좋은 음식이었다.

선생은 밖에서 식사를 하실 일이 있어도 가능하면 집에 돌아와 식사를 하셨다. 며느리가 준비한 사골국물로 끓인 된장국을 자시기 위해서였다. 그렇게 1년 내내 같지만 같지 않은 국을 대접해 드린 것이다. 가까운 문인들이나 신문기자들이 이렇게 집에 돌아가서 식사를 하시고 싶어 하는 선생을 이상하게 생각했음은 물론이다.

"선생님, 왜 그렇게 댁에 가서 식사하시는 것을 좋아하시는지요?" "그건 말이우. 내 며느리가 차려 주는 밥상을 받기 위해서라우." 궁금하게 여긴 신문기자가 이를 취재하기 위해 선생 댁을 방문하여 선생이 드시는 밥상을 살폈다. 그러나 그 밥상은 너무나도 평범한 밥상이었다. 신문기자는 선생이 드시는 사골 된장국물의 비밀을 알지 못했기 때문이다.

불행하게도 선생의 사모님이 먼저 세상을 떠나셨다. 그런 뒤로 며느리는 더욱 정성껏 시아버지를 모셨다. 오랜 세월 그렇게 잘 사시다가 이제는 선생도 많이 늙은 연세가 되어 세상을 떠나게 되었다. 80세 때의 일이다. 병석에서 며칠 앓지도 않았는데 임종의 순간이 왔다. 선생과 오랫동안 사귀던 후배 문인 가운데 김구용이란 분이 급한 소식을 듣고 선생 댁으로 불려 갔다.

김구용 선생은 시인이면서 한학자로 우리나라 최초로 중국의 한문소설 『열국지』를 번역한 분이며 성균관대학교 교수로 계시다 돌아간 분이다. 박종화 선생이 이미 오래전에 중국소설 『삼국지』를 번역하신 일이 있기 때문에 이런 일로 해서 가깝게 지내오시던 분이다. 그런 김구용 선생이 박종화 선생의 임종의 자리에 함께한 것이다.

박종화 선생은 비단 이불을 덮고 방에 누워 계시더라고 했다. 한동안 침묵이 흘렀다. 선생은 당신을 좀 일으켜 달라는 뜻을 보이셨다. 그것은 말씀으로 하는 것이 아니라 눈짓으로 가볍게 하는 것이었다. 눈치를 차리고 며느리가 다가가 선생을 일으켜 벽에 등을 기대게 한 뒤 베개를 받쳐 드렸다. 선생은 한동안 며느리를 바라보셨다. 힘은 없지만 그윽한 눈빛이었다.

'며늘아, 그동안 수고했다. 나한테 잘해 줘서 참 고마웠다. 나 이제 가니 너도 잘 살다 오너라.' 그런 말씀이 선생의 눈빛 속엔 들어 있었다. 그런 다음엔 아들 쪽을 보았다. 그것은 며느리보다는 짧은 시간이었다. '그래, 너도 수고했다. 이제는 네 맘대로 살아 보려무나.' 또 그런 말이 선생의 눈빛에는 들어 있었다.

선생은 다시 자리에 눕혀 달라고 눈짓을 했다. 이윽고 선생은 숨을 거두었다. 고요한 죽음이었다. 스님은 아니었지만 그것은 부처와 같은 죽음, 부처죽음이었다. 이 이야기는 선생의 곁에서 오랜 세월 선생을 지켜보면서 살았던 김구용 선생이 전하는 말씀이다.

술 노래

윌리엄 예이츠

술은 입으로 들어오고
사랑은 눈으로 들어온다네.
우리가 나이 들어 세상 뜨기 전
알아야 할 진실은 오직 이것뿐.
나는 지금도 술잔에 입술을 적시며
너를 바라보며 한숨을 짓네.

탱자나무 울타리

중학생 때 나는 고향에서 신석초란 이름의 시인에 대한 이야기를 들은 일이 있다. 이것은 신석초 시인네 이웃집에서 살다가 우리 동네로 이사 온 분이 들려 준 이야기로 매우 아름다운 이야기 한 토막이다.

신석초 시인댁은 동네에서 가장 잘사는 집 가운데 하나였다. 집도 크고 마당도 넓은데 마당에는 연못도 있고 또 여러 가지 화초도 심어져 있었다고 한다. 찾아오는 손님도 많아 늘 사랑방에는 웃음소리가 그치지 않았다고 한다. 물론 집 안에는 일을 보는 몇 사람의 남자 일꾼과 여자 일꾼이 함께 살았다고 한다.

그러던 어느 날 밤의 일이다. 집안의 일꾼이 대문을 걸어 잠그고 모두들 잠을 자려고 하는데 광 쪽에서 무슨 소린가 들렸다. 쥐나 고양이가 그러겠지 싶었는데 계속해서 딸그락거리는 소리가 났다고 한다. 잠을 청하려던 일꾼이 아무래도 이상하다 싶어 광문을 열어 보았다 한다. 그런데 누군가 후다닥 튀어나가더라는 것이었다.

"도둑이야!" 일꾼이 소리를 치자 집 안에 있던 모든 사람들이 잠이 깨어 마루로 나오고, 마당으로 나와 도둑을 잡으려고 했다. 궁지에 몰린 도둑은 울타리를 뚫고 도망가려 했는데 마침 울타리가 탱자나무로 된 울타리라 도망갈 수 없었다. 탱자나무는 가시가 많은 나무다. 그 나무를 촘촘하게 심으면 서로 얽혀 울타리가 되는데 닭이나 개와 같은 집짐승도 빠져나가지 못하는 울타리가 된다.

이제는 더 이상 도망갈 길이 없자 도둑은 수챗구멍이 있는 곳으로라도 빠져나가려고 수챗구멍에 머리를 들이밀었지만 거기도 탱자나무 가시가 얽혀 있어서 빠져나갈 수가 없었다. 등불을 밝혀 든 집안사람들이 도둑 가까이로 다가갔고 일꾼 한 사람이 억센 팔로 도둑의 어깨를 움켜잡고 몸을 돌려 세웠다.

아! 그때, 집안사람들의 입에서 일제히 한숨 같은 소리가 터져 나왔다. 그 사람은 바로 옆집에 사는 사람으로 자주 시인네 집으로 일하러 오던 옆집 사람이었던 것이다. 그날도 일하러 왔었는데 일을 마치고 집으로 돌아가지 않고 광에 숨어 있다가 쌀을 훔쳐 가지고 나가려다 들킨 것이었다고 한다. 그때였다. 이러한 광경을 마루에 나와 지켜보고 있던 시인이 입을 열어 한마디했다. "다들 안으로 들어가라. 그리고 대문의 빗장을 열어라."

그렇게 한 밤을 보내고 나서 시인은 다음날 일꾼들을 불러 부탁했다고 한다. "오늘부터 울타리의 탱자나무들을 모두 뽑아내고 그 자리에 섶으로 울타리를 새로 만들어 주시오."

　시인은 지난밤 도둑이 탱자나무 울타리 때문에 도망을 가지 못하고 얼굴을 들킨 것이 못내 안타까워 그렇게 했다는 것이다. 이러한 시인의 아름다운 마음은 시인네 집 사람들뿐만 아니라 동네 사람들까지도 모두 다 아는 일이라는 것이었다.

기도

나태주

내가 외로운 사람이라면
나보다 더 외로운 사람을
생각하게 하여 주옵소서

내가 추운 사람이라면
나보다 더 추운 사람을
생각하게 하여 주옵소서

내가 가난한 사람이라면
나보다 더 가난한 사람을
생각하게 하여 주옵소서

더욱이나 내가 비천한 사람이라면
나보다 더 비천한 사람을
생각하게 하여 주옵소서

그리하여 때때로

스스로 묻고

스스로 대답하게 하여 주옵소서

나는 지금 어디에 있는가?

나는 지금 어디로 향해 가고 있는가?

나는 지금 무엇을 보고 있는가?

나는 지금 무엇을 꿈꾸고 있는가?

눈먼 다람쥐

    어려서 외할머니는 옛날이야기를 잘 들려주셨다. 그것은 한글로 된 이야기책에 들어 있는 이야기이기도 하고 때로는 외할머니가 지어낸 이야기이기도 하다. 그 가운데 눈먼 다람쥐의 이야기는 지금까지도 오래 마음에 남는 이야기이다.

    깊은 산속에 다람쥐들이 살았단다. 그 가운데 꾀 많은 수컷다람쥐가 있었지. 가을이 와서 여기저기 산속에 알밤이며 도토리, 상수리 같은 열매가 익어서 떨어지기 시작하니 수컷다람쥐는 암컷다람쥐 여러 마리를 아내로 맞아들였단다. 그런 다음 아내들을 시켜 열매들을 주워 오도록 하였단다. 광이 꽉 차고도 넘쳤겠지. 그런데 이 마음씨 고약한 수컷다람쥐는 암컷다람쥐들을 하나씩 집에서 쫓아냈단다. 하나씩 트집을 잡아서 그랬던 것이지. 그런 다음 눈먼 암컷다람쥐 하나만 남겼단다. 드디어 날씨가 추워지고 눈이 내리는 깊은 겨울이 되었지. 배가 고프면 수컷다람쥐는 광에서 열매들을 가져다 암컷다람쥐에게도 주었단다. "자, 우리 밥을 먹읍시다." 두 마리 다람쥐는 마주 앉아서 밥을 먹었단다. 그렇지만 눈먼 암컷다람쥐는 수컷다람쥐가 무엇을 먹는지 알 수 없었단다. "아이구, 달구나. 아이구, 달구나." 수컷다람쥐가 그렇게 소리를 냈는데 암컷다람쥐는 이런 소리를 냈단다. "아이구, 쓰구나. 아이구, 쓰구나." 마음씨 고약한 수컷다람쥐가 눈먼 암컷다람쥐에게 도토리를 가져다주고 자기는 알밤을 가져다 먹었기 때문이란다.

나는 외할머니의 이야기가 꾸며낸 이야기인 줄 알면서도 자꾸만 눈먼 다람쥐가 생각이 나 마음이 편치 않았다. 그런 마음은 지금도 마찬가지다. 눈이 내린 겨울날 산골짜기 어디선가는 눈먼 다람쥐의 한숨소리가 들리는 듯싶기도 하다.

취하라

샤를 피에르 보들레르

취하라 늘 취해 있어야 한다.
문제의 핵심은 이것이다. 이것만이 문제이다.
너의 어깨를 짓눌러 땅으로 궁글리게 하는 시간의 끔찍한 짐을 느끼지 않으
려면 노상 취해 있어야 한다.

그러나 무엇에?
술에겐 시에겐 미덕에겐 너의 뜻대로.
다만 취하기만 하라.

그러다가 궁전의 계단에서나, 도랑의 풀 위에서나, 네 방의 음침한 고독 속
에서
네가 깨어나 취기가 이미 덜하거나 가셨거든 물어보라.
바람에게, 물결에게, 별에게, 새에게, 시계에게,
지나가는 모든 것에게, 울부짖는 모든 것에게
굴러가는 모든 것에게

노래하는 모든 것에게

말하는 모든 것에게

몇 시냐고 물어보라.

그러면 바람이 물결이 별이 새가 시계가 대답해 주겠지.

자 취할 시간이다.

시간에 구박받는 노예가 되지 않으려면 취하라.

노상 취해 있으라.

술에겐 시에겐 미덕에겐 너의 뜻대로.

끝내 포기할 수 없는 것들

일찍이 포기한 것 많다. 2007년, 죽을병에 걸려 105일 동안 물 한 모금 마시지 못하고 주사로만 버티면서 음식 먹는 것을 우선 포기해 본 경험이 있고, 그 뒤로는 또 여러 가지를 포기하면서 살고 있다.

우선은 집에 대한 포기다. 지금 살고 있는 집은 지은 지 20년도 넘은 낡은 아파트. 모두들 새 아파트로 이사 간다는 추세지만 나는 어디까지나 지금 살고 있는 집, 8천만 원짜리 이 아파트에 만족, 종신토록 이 집이 내 집이다.

다음은 옷에 대한 포기다. 나이가 들고 보니 외모에 별로 신경 쓸 일이 없고 또 예전에 사 놓은 옷들 가운데 입지 않은 옷이 많아 그 옷들을 꺼내어 입는다. 오래된 옷이지만 새 옷 같아서 좋다. 그러니 옷에 대한 포기가 가능하다.

그리고 나는 먹는 일을 그다지 중요하게 생각하지 않는 사람이다. 어떡

하든 먹어서 허기만 면하면 되었지 그들먹하게 상을 차려 놓고 먹는 음식을 좋아하지 않을뿐더러 식사 시간을 길게 갖는 것도 별로 좋아하지 않는다. 살기 위해서 먹는 것이지 먹기 위해서 사는 인생은 아닌 것이다.

끝으로 자동차에 대한 포기다. 애당초 나는 자동차 같은 것에 관심이 없는 사람이었다. 대중교통으로 하는 모든 거리 이동에 만족했고 해결이 가능했다. 그저 나의 자발적 교통수단은 자전거다. 말하자면 자전거 정도로 나의 교통문화는 진화를 멈춘 셈이다.

그렇지만 끝내 포기하지 못하는 것들이 있다. 그것은 글 쓰는 일이고 책 내는 일이고 사람을 좋아하는 일이다. 책과 글에서 해방되고 싶은 것이 나의 마지막 소망이지만 그러기 위해서 나는 더욱 열심히 글을 써서 더 이상은 써낼 것이 없을 때까지 글을 써야 한다.

그리고는 사람을 좋아하는 일이다. 일찍부터 사람은 사람들 사이에서 사람이었다. 누구도 혼자서는 살 수 없는 것이 인간 세상이다. 어떻게든 사람들과 어울려야만 한다. 사람들 사이에 사람의 길이 있다. 진정 인생에서 성공한 사람은 모두가 사람들 사이에서 자기의 길을 찾아낸 사람이다.

예전엔 혈연, 지연, 학연이 인간생활, 인간관계를 지배했다. 그러나 지금은 그런 것들이 많이 희석된 것 같고 어떡하든 이웃과 잘 어울려야만 잘 살 수 있는 인생이 된다. 그러기 위해서는 내가 먼저 마음의 문을 열어야 한다. 그리고 상대방을 챙겨 줘야 한다. 그러할 때 상대방이 나를 챙겨 주지 않을 리 없고 상대방과 잘 어울리지 않을 까닭이 없는 것이다.

나의 고향은 서천이고 지금 살고 있는 곳은 공주다. 거기서 나는 문화원장의 일을 8년이나 했다. 약간은 고답적이고 자존심이 강한 공주사람들이 나를 문화원장으로 받아 준 것은 그만한 이유가 있다. 그것은 내가 먼저 공주 사람들을 따르고 섬기고 사랑한 결과다.

의외로 문화원장은 선출직이다. 문화원 회원들의 직선에 의해 문화원장이 뽑히는데 문화원 회원들이 나를 두 차례나 선택해 주어서 문화원장으로 일했다. 그러므로 나는 43년 동안 머문 교직생활보다 8년 동안 한 문화원장이 더욱 내 인생에서 의미를 가졌다고 말을 한다.

이것은 오로지 내가 사람을 좋아하고 내가 먼저 다른 사람들을 섬기고 챙겨 준 결과이다. 구상 선생은 당신의 시, 「꽃자리」에서 '반갑고 고맙고 기쁘다.'라는 문장을 두 번씩이나 쓰고 있다. 그것이 인생살이의 요체라는 것이다.

무엇보다도 먼저 사람과 사람이 만나면 반가워야 한다. 반갑지 않으면 반갑도록 서로가 노력해야 한다. 그다음은 고마워야 한다. 왜 고맙겠는가? 잘해 주어야만 고마운 것이다. 잘해 주면 꽃도 고마워 예쁘게 꽃을 피우고 고양이도 사람한테 아양을 떨 것이다.

고마우면 자연적으로 기뻐질 것이다. 기뻐하는 마음이 행복이다. 행복이 깊은 책장 속이나 상자 속에 숨겨진 물건이라 생각하면 처음부터 그건 오답이다. 행복은 기뻐하는 마음이다. 작은 것을 받고서도 감사하는 마음이고 늘 곁에 있는 것들을 아끼고 사랑하는 마음이다.

그러함에 있어 이웃의 존재와 가치는 대단한 것이다. 오죽했으면 우리

말에 '이웃사촌'이란 말이 있고 '먼 곳의 단 나무보다 가까운 곳의 쓴 나무가 더 좋다.'란 말이 있겠는가. 여기서 '먼 곳의 단 나무'는 가족이고 '가까운 곳의 쓴 나무'는 이웃이다.

젊은 시절 이래 나는 이웃 사람들, 말하자면 직장 동료나 글 쓰는 동료들을 가족보다 더 아끼며 살아왔다. 그런 덕분에 나는 살아서 문학관을 갖는 행운을 가졌고 또 나의 작품인 「풀꽃」에서 이름을 따서 문학상도 제정하여 시상하는 사람이 되었다.

결코 이것은 나 혼자서만 이룬 일이 아니고 나의 이웃들, 동료들, 친지들이 적극적으로 거들어 주어서 가능해진 일이다. 다시 한 번 말하고 싶다. 이웃 사랑이 나를 사랑하는 일이다. 인간은 어디까지나 이웃과 함께 인간이다. 이웃을 포기하는 것은 자기 인생을 송두리째 포기하는 일이다.

사람들 사이에 사람의 길이 있다. 이웃들 사이에 진정한 나의 성공이 숨어 있다. 이것이 포기하는 나의 많은 것들 가운데 글 쓰는 일, 책 내는 일과 함께 끝내 포기할 수 없는 일이다. 사람을 좋아하고 사람을 사랑하는 일. 그것은 여전히 나의 마지막 과업이다.

풀꽃
나태주

자세히 보아야
예쁘다
오래 보아야
사랑스럽다
너도 그렇다

사는 일

나태주

오늘도 하루 잘 살았다
굽은 길은 굽게 가고
곧은 길은 곧게 가고

막판에는 나를 싣고
가기로 되어 있는 차가
제시간보다 일찍 떠나는 바람에
걷지 않아도 좋은 길을 두어 시간
땀 흘리며 걷기도 했다

그러나 그것도 나쁘지 아니했다
걷지 않아도 좋은 길을 걸었으므로
만나지 못했을 뻔했던 싱그러운
바람도 만나고 수풀 사이
빨갛게 익은 멍석딸기도 만나고
해 저문 개울가 고기비늘 찍으러 온 물총새
물총새, 쪽빛 날갯짓도 보았으므로

이제 날 저물려 한다
길바닥을 떠돌던 바람은 잠잠해지고
새들도 머리를 숲으로 돌렸다
오늘도 하루 나는 이렇게
잘 살았다.

이제 혼자만 잘 살기는 틀렸다

요즘 들어 세상살이가 스산하다. 연말이라 그런 것이 아니라 세상 어디에도 소망의 끈이 보이지 않기 때문이다. 개인적인 일이든 사회적, 국가적인 일이든 좋은 조짐은 보이지 않는다. 끝없는 구렁텅이에 빠져드는 느낌이다.

왜 이리 되었는가? 주변을 살펴보고 자신의 옷깃을 가다듬으며 숙연한 마음으로 내부를 들여다본다. 짙은 회색빛 일색이다. 해마다 느끼는 감회이긴 하지만 그럴듯하게 한판 누구한테 속아 넘어갔다는 생각이 든다. 이대로 곤두박질쳐 떨어지고 말 것인가?

아니다. 지금이라도 하강 웨이브에 브레이크를 걸어 다시금 상승 웨이브를 끌어내야 한다. 너 나 할 것 없다. 나만 잘했다고 하고 너는 잘못했다고 핑계 댈 일도 아니다. 애당초 나 없는 네가 없고 너 없는 내가 없다. 처음부터 옹졸했던 것이 잘못이었다. 나 하나만 생각하며 살아온 것이 잘못이었다.

이제는 정말로 나 혼자만 잘 먹고 잘 살기는 틀렸다. '우리'가 아니면 안 된다. 너와 내가 더불어 잘 살지 않으면 안 된다. 오로지 나 하나만을 생각하는 것이 아니라 나와 함께 너를 생각해야 하고 나아가 우리 전체를 생각해야 한다. 그것이 살길이다.

성공한 사람들은 그 성공을 나누어야 하고, 많이 가진 사람들은 가진 것을 조금씩 이웃과 함께 조금씩 나눌 줄 알아야 한다. 많이 배운 자들도 오만해서는 안 된다. 자기보다 많이 배우지 않은 사람들을 위해 무엇인가 도움 되는 일을 하도록 노력해야 한다. 그렇지 않고서는 우리들 사회가 유지되기 어렵고 발전하기는 더욱 어렵다.

지금은 진정한 보수가 그립고 진정한 진보가 그리운 시절. 자기가 보수라고 생각하는 사람들에게 말하고 싶다. 기득권을 지키고 자기들만 생각하고 자기들끼리만 똘똘 뭉쳐 잘 먹고 잘 사는 것이 보수가 아니다. 남들은 나 몰라라 하는 것이 정말로 보수가 마땅히 해야 할 일은 아니다.

진보도 그렇다. 자기가 진보라고 생각한다면 무엇보다도 자기가 가진 분노나 불만이 정의라고 오해하지 말기를 바란다. 나아가 자기의 주의나 주장을 전체의 것이라고 오판하지 말고 타인에게 강요하지 말아야 한다. 그리하여 더욱 부드러워져야 하고 고요해져야 한다. 그래야 아름다운 진보, 따뜻한 보수가 되는 것이다.

사는 일들이 너무나 각박하고 팍팍하다. 젊은이들은 어디에도 살아갈 소망이 없다고 한숨을 짓는다. 이게 모두가 우리들 어른이 잘못 살아온 까닭이다. 지나치게 성급하게 살아온 탓이고 나만 생각하며 이기적으로 살아온 탓이고 근시안적으로 살아온 탓이다. 그야말로 자업자득이요 내 도끼로 내 발등 찍기를 한 것이다. 정말로 이대로는 안 된다 싶은 심정이다.

이런 때 그리운 사람은 남을 위해 기꺼이 자신의 많은 것을 희생하고 봉사하는 사람들이다. 희생이란 무엇인가? 남을 위해 나의 것을 바치는 것이고 남을 살리고 나의 것을 죽이는 것이다. 봉사란 무엇인가? 남을 위해 나의 소중한 것을 바치고 소모시키는 것이 봉사이다. 그러기에 이러한 행위나 인생을 아름답다고 말하는 것이고 오래도록 기념하는 것이다.

가장 강력한 말은 살신성인이란 말이다. 글자 뜻 그대로 '내 몸을 죽여 어짊을 이룩함'이다. 여기서 자기 몸을 죽이는 것은 알겠는데 어짊을 이루는 것은 좀 알기가 어렵다. 우선 어짊이 무엇인가를 알아야 한다. 어짊, 즉 인이라고 하면 케케묵은 옛날 글자로 알기 쉬운데 그렇지 않다.

어짊을 곧이곧대로 풀면 '측은지심'이다. 이는 또, 다른 모든 것들을 안쓰럽게 여기는 마음이다. 불쌍하게 여기는 마음이다. 너와 내가 결코 둘이 아니라 하나라는 생각이다. 이것은 또 부처님의 가르침인 '자비심'과도 통하고 예수님의 지표인 '긍휼히 여기는 마음', 사랑과도 통한다.

이와 같이 인류의 가장 높으신 가르침은 인과 자비심과 긍휼로 모아지는데 이 모두는 나 하나만을 생각하며 사는 세상이 아니라 타인과 더불어 사는 세상을 꿈꾸고 노력하는 데에 있다. 오늘날 우리들 세상이 소망이 없고 꿈이 없고 스산하기만 한 것은 바로 이러한 높은 인류의 푯대와 소망이 사라졌기 때문이다.

　제발 나만 오로지 옹졸하게 생각하지 말고 남들도 좀 챙겨 주면서 살
자. 나 혼자만 잘 먹고 잘 살겠다고 아우성치지 말고 이웃과 더불어 잘 살
아보자는 생각을 좀 가져 보자. 놀랍게도 살신성인으로 자기 몸을 죽이
고 남을 살린 사람들은 나이가 많은 어른들이 아니고 젊은이들이란 사실
이다. 그만큼 젊은이들에게 용기가 있고 어진 마음의 원형이 살아 있다고
볼 수 있겠다.

　달려오는 전동차에 뛰어들어 위험에 처한 사람을 구하고 대신 죽어 간
사람, 새벽 시간에 불이 난 원룸을 찾아다니며 잠든 사람들을 깨워서 살
리고 정작 자기는 유독가스에 질식되어 죽은 청년 같은 사례가 대표적인
예이다. 더 넓게는 국가의 일, 집단의 일을 돌보다가 목숨을 잃은 경우도
살신성인이고 국방의 의무를 다하다가 몸을 상한 군인, 범인과 대치하다
가 잘못된 경찰관도 살신성인의 표본이다.

　그러나 늘 우리가 그렇게 의식적으로 살신성인을 생각하며 살 수만은
없는 일이다. 안쓰럽게 여기는 마음이 인이라 했으니 우리도 일상생활을
하는 데 남을 생각하는 마음을 가지면서 살아갈 때 우리들 세상은 좀 더
아름다운 세상 따뜻한 세상 될 것이 분명하다. 희생과 봉사, 결코 먼 곳
에 있지 않다. 가까이에 있고 큰 것에 있지 않고 작은 것에 있다.

　서양 말로 케어란 말도 여기에 해당된다고 본다. 같이 식사를 할 때도
내 컵에만 물을 따를 것이 아니라 마주 앉은 사람의 컵에도 물을 따라 주
고 휴지통에서 휴지 한 장이라도 뽑아 주는 친절을 갖자. 그것도 희생이

요 봉사다. 이제는 정말로 혼자서만 잘 먹고 잘 살기는 틀렸다. 이웃과 더불어 남들과 더불어 잘 살지 않으면 안 되는 세상이 되었다. 제발 남들도 좀 생각해 주면서 살자.

바람에게 묻는다

나태주

바람에게 묻는다.
지금 그곳에는 여전히
꽃이 피었던가 달이 떴던가

바람에게 듣는다.
내 그리운 사람 못 잊을 사람
아직도 나를 기다려
그곳에서 서성이고 있던가

내게 불러줬던 노래
아직도 혼자 부르며
울고 있던가.

농병아리네 가족의 안부가 궁금하다

　오늘도 저녁 무렵, 아내와 산책을 나갔다. 언제나처럼 우리의 산책 코스는 금학생태공원. 아래위로 자리한 두 채의 호수를 돌면 알맞은 운동이 되고 마음도 한결 편안해지고 가벼워진다. 산책길에 이런저런 이야기를 나누면서 주변의 자연을 둘러보는 것도 여간 쏠쏠한 재미가 아니다.

　산책을 마치고 호수의 언덕에서 공원이 있는 곳으로 내려오고 있었다. 그동안 시간이 흘러가 사방이 어둑어둑해져 있었다. 우리는 둠벙 옆을 지나고 있었다. 그곳은 금강 가에 있는 오수처리장에서 일차로 정화한 물을 끌어다가 다시금 정화시키는 장치로서 만든 물웅덩이다. 둑길 위에서 한 아이가 손가락질을 하면서 우리에게 말해 주고 있었다.

　"저기 오리가 있어요. 새끼도 있어요. 참 귀여워요." 아이는 물에서 노는 새를 본 것이 매우 신기했던 모양이다. 살펴보니 그건 오리가 아니라 농병아리였다. 어미 농병아리가 새끼들을 데리고 헤엄쳐 물웅덩이에 우거진 수련 덤불 속으로 숨어들고 있었다. 탁구공 크기만 한 새끼가 네다섯은 실히 되지 싶었다. 귀여웠다.

"얘야, 저건 오리가 아니라 농병아리란다." 사내아이는 나의 말을 듣는 둥 마는 둥 저쪽으로 가 버렸다. 하기는 물에서 노는 새가 오리면 어떻고 농병아리면 어떠랴. 다 같이 오리라고 생각하면 오리가 되는 것이 아니겠는가. 문제는 저 새들이 그 물웅덩이에서 살 수가 없다는 데에 있다. 물을 한창 거를 때는 역겨운 냄새가 주변에 퍼지기도 한다. 물을 정화시키는 데 사용하는 약품 냄새 때문인 것이다.

물론 그 물에서도 고기가 살고 개구리도 산다. 그러나 물의 오염이 심각해서 그것들을 먹이로 삼았을 때 살아남기가 어렵게 되어 있다. 지난번에도 이 물웅덩이 옆에서 죽어 가는 오리 한 마리를 보았다고 아내가 일러 준 적이 있다. 어떻게 하나? 나는 발길을 재촉해 집으로 돌아오면서도 내내 마음이 편치 않았다.

물에서 사는 농병아리도 귀하고 귀한 생명이다. 아름답게 한 생애를 살기 위해 세상에 태어난 목숨들이다. 더구나 그들은 엄마와 갓 태어난 어린 새끼들이지 않는가! 이토록 소중하고 귀여운 생명체가 그 삶을 제대로 살 수 없다고 생각할 때 나는 마음이 무거워지지 않을 수 없다.

이것이 다 우리들 인간의 욕심과 억지로 해서 일어나는 일들이다. 자연을 함부로 다루고 더럽힌 데서 오는 부작용이다. 가장 좋은 세상은 자연과 인간이 공존하는 세상이다. 아니다. 인간도 자연의 일부이므로 자연물이 병들거나 못 견디는 환경에서는 제대로 살아남을 수가 없다. 우리가 잘 살고 편안히 살자고 자연을 우리들 곁에서 쫓아내고 이제는 그들의 생존마저 위협하는 세상을 우리가 만들고 말았다. 우리들의 죄업이다.

마음 같아서는 농병아리 엄마에게 거기서는 살 수가 없고 새끼를 키울수도 없으니 딴 곳으로 이사 가라고 일러 주고 싶었다. 그러나 어찌 사람인 내가 농병아리에게 말을 할 수 있으며 내가 말을 한다 한들 농병아리가 알아들을 수 있으랴. 답답한 일이다. 마음 아프고 미안한 일이다. 주변은 더욱 어두워지고 있었고 나의 마음 또한 어두워지고 있었다.

농병아리들아, 부디 죽지 말고 살아남거라. 어린 새끼들아, 너희들도 어른 농병아리로 자라 너희들 엄마가 그러했듯 좋은 엄마 농병아리가 되거라. 엄마에게 지혜가 있다면 내일 아침엔 새끼들을 데리고 그 물웅덩이를 떠나 다른 물로 이사 가기를 바란다. 제발 그랬으면 좋겠다. 기도하는 마음으로 나는 오랫동안 이곳을 오가면서 농병아리네 가족의 안부가 많이 궁금할 것이다.

* * *

그다음날 그 자리에 가 보았더니 농병아리네 가족은 보이지 않았다. 다른 곳으로 이사간 모양이다. 다행스럽다 생각했다.

눈부신 세상

나태주

멀리서 보면 때로 세상은

조그맣고 사랑스럽다

따뜻하기까지 하다

나는 손을 들어

세상의 머리를 쓰다듬어준다

자다가 깨어난 아이처럼

세상은 배시시 눈을 뜨고

나를 향해 웃음 지어 보인다

세상도 눈이 부신가 보다.

봄맞이꽃

아, 저것, 봄맞이꽃. 저 꽃의 이름이 봄맞이꽃인 줄 아는 사람, 이 땅에 몇이나 될까? 하긴 나도 처음부터 이 꽃의 이름을 알았던 건 아니다. 시골에서 나 시골에서 자랐으므로 어려서부터 노상 보아 왔을 터였다. 그런데도 나는 오랫동안 이 꽃의 이름이 봄맞이꽃인 줄 모르고 살았다.

맹목이다. 눈 감음, 무명이다. 그렇지. 자세히 보지 않았고 오래 보지 않았기 때문이다. 아니다. 마음이 없었기 때문이고 마음이 가서 닿지 않았기 때문이다. 무릇 사물의 탄생은 그런 것이다. 나의 마음이 우선 가서 닿아야 하고 자세히 보는 성의와 정성, 그리고 오랜 시간 지켜보아 주는 인내와 사랑이 있어야 한다.

그렇지 않고서는 아무리 값진 것, 아름다운 것도 없는 것이나 마찬가지다. 진정 그것은 꽃도 아니고 나무도 아니고 흰 구름도 아니다. 어느 옛사람은 나이 마흔아홉까지 몰랐던 것을 쉰이 되어서야 비로소 알았다고 한

숨을 쉬면서 말했다고 한다. 그것은 일흔에 이른 나에게도 마찬가지다.

우리는 이렇게 항상 우둔한 인간이고 맹꽁이 인간이다. 눈앞에 진귀한 것이 있는 데도 불구하고 그것을 알지 못하고 내 자신이 충분히 행복한 사람인데도 행복을 모르고 살아간다. 뿐더러 멀리서 행복을 찾으려 애쓰면서 고달파하고 안타까워하고 때로는 절망에 빠진다.

이 얼마나 어리석은 군상들인가! 올해도 기적처럼, 진정 기적처럼 봄은 왔고 눈앞에서 온갖 꽃들이 재롱을 떨며 꽃 잔치를 벌이고 있다. 물론 봄맞이꽃도 그러한 잔치군의 일원으로 우리 앞에 왔고 머지않아 한 해치의 생명을 마감하고 우리들 앞을 떠나갈 것이다.

이 몰라 줌이여. 외면이여. 마음이 있는 자만이 또다시 흐느끼면서 봄을 맞이하고 흐느끼면서 봄을 떠나보내는구나. 그나저나 진도 앞바다 팽목항에서 침몰한 세월호. 안산 단원고등학교 2학년 학생들. 어린 목숨이여. 못다 핀 청춘이여. 가슴이 씀벅 아려 오는 봄맞이꽃의 순백색도 이 봄에는 상복의 그것으로만 섬찟하게 보이누나.

그렇다면 이것은 또 얼마나 안쓰러운 개안이고 얼마나 산인한 사물의 발견인가! 아, 저것, 봄맞이꽃. 진정 저들은 최선으로 올 한 해치의 목숨을 다하고 떠나는 봄맞이꽃. 내년에는 부디 아픔 없이 슬픔 없이 우리들 앞으로 돌아왔으면 한다. 이것은 또 어이없이 새로운 사물의 발견이고 탄생이구나.

사랑하는 마음 내게 있어도

나태주

사랑하는 마음

내게 있어도

사랑한다는 말

차마 건네지 못하고 삽니다

사랑한다는 그 말 끝까지

감당할 수 없기 때문

모진 마음

내게 있어도

모진 말

차마 하지 못하고 삽니다

나도 모진 말 남들한테 들으면

오래오래 잊혀지지 않기 때문

외롭고 슬픈 마음

내게 있어도

외롭고 슬프다는 말

차마 하지 못하고 삽니다

외롭고 슬픈 말 남들한테 들으면

나도 덩달아 외롭고 슬퍼지기 때문

사랑하는 마음을 아끼며

삽니다

모진 마음을 달래며

삽니다

될수록 외롭고 슬픈 마음을

숨기며 삽니다.

오늘 잊지 말고 내일 잊자
- 임강빈 선생 부음에

그것은 지난 7월 16일2016년의 일이다. 서울의 이준관 시인한테서 전화가 왔다. 대전의 임강빈 선생이 타계하셨다고. 어디서 그 소식을 들었느냐 물었더니 한국시인협회 사무국으로부터 핸드폰 문자메시지가 왔다는 것이다. 서둘러 핸드폰 문자메시지를 살피니 거기에 임강빈 선생의 부음이 올라와 있었다.

아, 임강빈 선생! 마음속에 한 외침 같은 것이 왔다. 어쩌면 그것은 와르르 돌담이 무너지는 그런 허망함 같은 것인지도 모른다. 그동안 두문불출 몸이 편치 않으신 건 알았는데 이렇게 빨리 가실 줄은 몰랐다. 생전에 한 번이라도 더 찾아뵈올 것을! 사람은 이렇게 어리석어 무슨 일이든 지나고 나서야 후회를 하곤 한다.

더구나 임강빈 선생은 공주 출신의 시인이 아니던가! 나처럼 평생을 지방도시에서만 살았고 학교 선생을 했고 또 가난하게 살지 않으셨던가. 허지만 그분은 나와는 달리 산문을 쓰지 않았다. 평생 산문을 썼다면 피치 못할 청탁에 의하여 그저 몇 편을 썼을 것이다. 그만큼 그분은 시에 전념하고 시만을 오직 당신 마음의 표현수단으로 삼았던 분이다.

참 곱고도 조용했던 분이다. 일생이 벽 위에 걸린 그림처럼 한결같았다. 우리 고장에서 선비시인 한 사람 고르라면 어김없이 이분이었다. 남한테 무리한 말, 부담스런 부탁 같은 것 절대로 하지 않았고할 줄 몰랐고 그러므로 신세 지는 일 없이 살았던 분이다. 꼿꼿하다고 표현하면 적당할 것이다. 들판이나 산길에 외로이 혼자 서 있는 나무와 같았다.

그렇지만 주변을 살피고 후배들을 챙기거나 사람들에게 크게 베풂은 주지 않았던 분이다. 그래서 조금쯤 노후가 쓸쓸했고 허전했을 것이다. 허지만 마음만은 그렇지 않았다. 어디까지나 그분의 심중에 분별이 깊었고 늘 좋은 것, 깨끗한 것을 지향했으며 보다 높게 보다 높게를 외치며 살았던, 어쩌면 도인 같은 분이었다. 세상의 허욕과는 언제나 거리가 멀었던 분. 그러기에 우리 마음의 스승이었던 분.

별이었다. 우리 고장 충청도의 별인 동시에 한국 시단의 별이었다. 그별이 이제 우리 곁을 슬그머니 떠나간 것이다. 그렇다. 시인은 세상에서 목숨 다하면 하늘로 올라가 하나씩 별을 보탠다. 하늘을 우러르면 흐린 시계 안에서나마 반짝이려고 애쓰는 별. 어쩌면 눈물 머금었을 별. 수없이 많은 별들 가운데 수줍은 듯 고요히 반짝이는 별이 있다면 그 별은 임강빈 선생의 별일 것이다.

좋은 사람 누구에게든 그런 감회지만 임강빈 선생을 만난 건 내게 행운이었고 고마움이었다. 구체적으로 그분이 나를 돌보아 주어서가 아니라 그분의 존재 자체가 축복이었고 위안이었다. 동시대의 시인으로서 살았던 것이 돌아보면 다행스러움이요 감사였다. 한 시절 그분이 우리 곁에 계셨으므로 우리는 시인으로서의 자긍을 가질 수 있었던 것이다.

두 차례 선생의 상가를 드나들며 많은 것을 느꼈다. 상가가 너무 쓸쓸하다는 느낌이 그것이다. 얼굴을 보일 만한 문인들이 오지 않아 섭섭했다. 하기는 그들도 이미 나이 들고 몸이 성치 못해 그랬을 것이다. 더러는 먼저 세상을 등지기도 했을 터. 그렇지만 역시 섭섭한 마음은 어쩔 수 없는 일이다. 세상 인심이 많이 변했다는 생각 앞에 다시금 마음이 아련했다.

더구나 선생의 장지는 공원묘지. 그 가운데서도 가족묘지. 부친 이름으로 된 무덤을 다시 열고 선생은 조그만 유골함이 되어 세상을 떠나고 있었다. '임강빈', 그것도 '시인 임강빈'이라는 표지조차 없었다. 마음이 참 많이 아팠다. 그래 천하의 시인 임강빈이 무덤에 이름자 하나도 남기지 않고 세상을 떠난단 말인가. 물론 이것은 변화된 장례문화라 어쩔 수 없다지만 살아서 선생을 아는 사람 가운데 한 사람인 나로서는 쉽게 수긍이 가지 않는 일이다.

누군가 한 사람 세상을 떠나도 그다음날에 다시 해가 떠오르고 사람들은 아무런 일도 없었다는 듯이 세상을 살아간다. 그래서 진정 천지불인 天地不仁이란 말인가! 참으로 좋은 인간과 시인으로서의 모범을 고루 보인 시인 흰 분이 세상을 떠났다. 담백한 그분이 일생. 담백한 그분의 잠적潛跡.

시인이 생전에 좋아했던 말은 중국의 『사기』에 나오는 말인 '도리불언 하자성혜桃李不言 下自成蹊, 복숭아꽃과 오얏꽃은 말하지 않아도 그 아래 사람들이 지나다녀 스스로 길이 생긴다. 진정 향기 있고 훌륭한 사람은 사람들이 저절로 몰려든다는 뜻이다. 뿐더러 시인은 '사과는 제 맛을 모르면서 익어 간다. 시인도 모름지기 그래야 한다.'라는 말을 자주 말씀하셨다. 진정 그분은 사과처럼 익고 싶어서 그렇게 세상에서 잠적하신 것일까.

허지만 그분에게는 어떤 시인보다도 많은 시편들이 남았다. 그 시편들이 선생들 대신하여 여전히 숨을 쉬며 이 땅에서 살아갈 것을 믿는다. 이러한 아픔이며 섭섭함도 서서히 잊혀질 것이다. 나부터 그럴 것이다. 그렇지만 잊더라도 좀 천천히 잊자. 오늘 잊지 말고 내일 잊고 내일 잊지 말고 모레 잊자. 추억 삼아 선생의 시 한 편을 여기에 옮긴다. 선생의 초기 시, 〈현대문학〉에 추천을 받던 작품이다.

크고 작은 숱한 항아리 옆/ 민들레가 피었다.// 술 한 그루/ 굽어보듯 서 있는// 그림 같은/ 애정.// 무엇이나/ 가득히 담아주고 싶도록// 그토록 하늘마다 향한/ 둥그런 문.// 아아/ 나도/ 항아리 옆에 피어가는/ 노을이 되고 만다.

- 임강빈, 「항아리」 전문

나무

나태주

너의 허락도 없이

너에게 너무 많은 마음을

주어버리고

너에게 너무 많은 마음을

뺏겨버리고

그 마음 거두어들이지 못하고

바람 부는 들판 끝에 서서

나는 오늘도 이렇게 슬퍼하고 있다

나무 되어 울고 있다.

세상에서 가장 귀한 것

혜리야. 만약 사람들한테 가장 소중한 것이 무엇이냐 물으면 대답이 제각각일 것이다. 그 대답은 시대마다 다를 것이요 나라마다 세대마다 다를 것이다. 흔히는 물질적인 요소를 댈 것이다. 집, 재산, 돈, 물건과 같은 구체적인 것들이겠지. 어차피 우리는 이러한 물질적인 조건 없이는 살아갈 수 없기에 그럴 것이다.

더러는 명예나 의리, 정의, 자유, 사랑과 같이 추상적인 개념을 대는 사람도 있겠지. 젊은 세대들한테는 직장 문제나 승진 같은 것들이 다급할 것이다. 더 어린 세대들에게는 핸드폰이나 옷가지나 화장품 같은 것이 필요한 것이고 학교 공부나 성적, 진학 문제가 중요할 것이다.

그러하다. 사람의 욕구나 소망은 천차만별이고 거기에 따라 필요한 것이 또한 천차만별이다. 여기서 생각을 조금쯤 누그러뜨려 그 많은 것들의 내면을 좀 들여다보자. 일찍이 러시아의 소설가 톨스토이는 세상에서 가장 귀한 것 세 가지가 무엇인가 물었을 때 이렇게 대답했다.

첫째가 장미꽃. 둘째가 어린이. 셋째가 어머니 마음. 그 가운데 하나만 남긴다면 무엇일까, 물었을 때 서슴없이 그는 세 번째 답인 어머니의 마음을 댔다. 왜인가? 시간이 지나면 장미꽃은 시들고 어린이는 늙지만 어머니 마음은 아무리 시간이 지나도 변하지 않기 때문이라는 것이다.

평범한 이야기지만 이것은 매우 귀하고 귀한 이야기다. 핵심은 시간. 시간이 그렇게 소중하다는 것이다. 그런데 정작 우리는 그 시간의 소중성을 십분 유념하면서 살고 있는가, 의심스럽다. '물보다 진한 것은 피다.' 이 말에 보태어 나는 '물보다 진한 것은 피다. 그러나 피보다 더 진한 것은 시간이다.'라고 말하고 싶어 한다.

역시 시간의 소중성을 강조하는 말이다. 가까운 사람 누군가가 죽었을 때 데미지를 입는 순서가 배우자, 자식, 친구, 부모, 이웃이라는 말을 들었다. 부모님한테는 송구스런 일이지만 부모님의 죽음은 예정된 것이기에 이 또한 시간의 법칙이 정해 주는 순서가 아닌가 싶다.

생각해 보면 건강과 젊음과 아름다움이 한 줄에 놓여 있다. 그것은 때로 돈이나 물질과 같은 재화로 치환되기도 한다. 놀라운 점은 이 모든 것들의 공통점이 시간과 관계있다는 점이다. 결국은 시간이다. 시간이 결론이고 활로다.

그렇다면 우리는 어찌해야 하는가? 마땅히 시간을 아끼고 아껴서 살아야 한다. 시간이 황금보다도 천하보다도 소중하다. 그것을 젊은 세대들이 더욱 뼈지게 깨닫고 실천했으면 한다. 하루 24시간. 그것은 이 세상 누구에게나 주어진 공통된 권리요 재산이다.

요는 그것을 어디에 어떻게 써먹느냐에 있다. 가장 나쁜 용처는 분쟁과 분노와 불평에 써먹는 것이다. 남을 헐뜯거나 미워하거나 다투는 일에 써먹는다면 그 시간은 쓰레기 같은 시간이 된다. 슬퍼하는 일에 써먹고 절망하는 일에 써먹는 시간도 좋은 시간은 아니다.

가능하면 좋은 일, 화사한 일, 아름다운 일에 시간을 써먹어야 할 일이다. 사랑하는 일에 써먹는다면 가장 좋은 쓰임이 될 것이다. 남을 위해 배려하고 봉사하는 일에 써먹는다면 더욱 좋은 일이 될 것이다. 무릇 인생은 시간의 선택에 달려 있다. 시간과의 대결 구조에 달려 있다.

세상에 시간을 이길 수 있는 사람은 없다. 아니, 지금까지 없었고 앞으로도 없을 것이다. 요는 활용이고 선용이다. 그 책임과 권한은 오로지 우리들 한 사람 한 사람의 몫이요 자율. 하루 24시간, 그것은 다시금 날마다 새날이고 날마다가 기적이어야 한다. 그 새날과 기적을 잘 받아들이기만 하면 우리들 인생은 또 성공이고 승리다.

이러한 시간과 더불어 소중한 것은 나 자신이다. 아니, 시간보다도 더 소중한 것이 나 자신이다. 내가 없으면 이 세상도 없고 나의 시간도 무의미한 것이기에 그렇다. 이기주의자가 되라는 얘기가 아니다. 언제든 나의 소중성을 잊지 말고 나를 사랑하도록 하자는 말이다.

현명한 사람은 고민을 오래, 많이 하지 않는 사람이다. 자기 앞에 고민거리가 닥쳤다고 할 때 일단은 고민을 해 본다. 어떻게 하면 이 문제를 풀수 있을까? 해결방법이 나오면 좋겠지만 해결방법이 안 나오면 그대로

밀쳐 둔다. 잠시 잊어버린다. 그리고는 다른 일에 열중한다.

그것이 현명한 방법이다. 그것이 자기 자신을 사랑하는 방법이고 시간을 선용하는 방법이다. 고민거리에는 세 가지가 있다. 자기 힘으로 해결이 가능한 것이 있고 시간이 지나면 저절로 풀릴 것이 있고 아무리 노력해도 풀리지 않을 것이 있다. 그러기에 현명한 사람은 고민을 오래 하지 않고 많이 하지 않는 것이다.

혜리야. 지금까지의 얘기를 다시금 정리해서 말해 보자. 세상에서 가장 소중한 것은 무엇인가? 그것은 우선 시간이다. 시간을 좋은 곳에 써먹는 일이 급선무다. 그다음 소중한 것은 무엇인가? 그것은 두말할 것도 없이 나 자신이다. 나 자신을 아끼면서 사랑하면서 아름답게 즐겁게 한 시간 한 시간을 살아가자. 그렇다면 이미 혜리 너는 행복한 사람이고 성공한 사람인 것이다.

어여쁨

나태주

무얼 그리 빤히 바라보고
그러세요!

이쪽에서 보고 있다는 걸
안다는 말이다

제가 예쁘다는 걸
제가 먼저 알았다는 말이다.

선생님의 넥타이

예전, 어느 여자고등학교에서 있었던 이야기다. 여러 선생님들 가운데 학생들이 좋아하고 따르는 한 선생님이 있었다. 그 선생님은 사모님이 일찍 세상을 떠나 혼자 사시는 분이었는데 1년 내내 정장 차림에 넥타이 하나만 매고 다니는 사람으로 학생들 사이에서 유명했다.

"저 선생님은 집에 넥타이가 하나밖에 없나 봐!"

학생들은 저희들끼리 흉을 보기도 하고 수군거리기도 했다.

"사모님이 안 계셔서 그런가 봐. 안됐지 뭐냐."

선생님의 처지를 안쓰럽게 여기는 학생들도 있었다.

스승의 날이 되어 학생들은 돈을 모아 그 선생님에게 넥타이 하나를 사서 선물하기로 했다. 선생님은 기쁘게 선물을 받았다. 그런 다음날부터 선생님의 복장에 변화가 일어났다. 선생님은 지금까지 매고 다니던 넥타이는 매지 않고 학생들이 선물한 넥타이만 줄곧 매고 다니시는 것이었다.

이상하게 여긴 학생들 가운데 한 학생이 선생님에게 물었다.

"선생님, 선생님은 이제 넥타이가 두 개가 되었잖아요. 왜 그걸 번갈아 매고 다니지 않으시나요?"

선생님은 웃으면서 대답을 했다.

"아, 그거? 나는 말야. 본래 내가 좋아하는 사람이 선물한 넥타이만 매고 다니는 버릇이 있어. 먼저 넥타이는 아내가 선물한 넥타이였거든."

대답을 들은 학생들은 오히려 부끄러운 생각이 들었다. 다시는 선생님의 넥타이에 대해서 흉보는 학생이 없게 되었음은 물론이다.

틀렸다

나태주

돈 가지고 잘 살기는 틀렸다

명예나 권력, 미모 가지고도 이제는 틀렸다

세상에는 돈 많은 사람들이 얼마나 많고

명예나 권력, 미모가 다락같이 높은 사람들이 얼마나 많은가!

요는 시간이다

누구나 공평하게 허락된 시간

그 시간을 어디에 어떻게 써먹느냐가 열쇠다

그리고 선택이다

내 좋은 일, 내 기쁜 일, 내가 하고 싶은 일 고르고 골라

하루나 한 시간, 순간순간을 살아보라

어느새 나는 빛나는 사람이 되고 기쁜 사람이 되고

스스로 아름다운 사람이 될 것이다

틀린 것은 처음부터 틀린 일이 아니었다

틀린 것이 옳은 것이었고 좋은 것이었다.

있는 것과 없는 것

우리들 인간은 자기 눈으로 보고 자기 귀로 듣고 자기 손으로 만져지는 것만 있는 것이라고 생각하는 경향이 있다. 그래서 세상은 있는 것만 있다고 하고 없는 것은 없다고 생각하기 쉽다. 허지만 무릇 있는 것은 없는 것을 전제로 하여 있는 것이라는 것을 잊지 말아야 한다.

오히려 세상은 있는 것으로만 구성된 것이 아니라 있는 것과 없는 것으로 구성되었다고 보아야 한다. 어찌하여 있는 것이 있는 것일 수 있는가? 없는 것이 있기 때문이고 없는 것이 뒷받침해 주어서 있는 것이 있게 되는 것이다. 그만큼 없는 것은 중요한 것이다.

난초 화분의 휘어진/ 이파리 하나가/ 허공에 몸을 기댄다// 허공도 따라서 휘어지면서/ 난초 이파리를 살그머니/ 보듬어 안는다// 그들 사이에 사람인 내가 모르는/ 잔잔한 기쁨의/ 강물이 흐른다.

이것은 내가 쓴 「기쁨」이란 작품이다. 어느 날 거실에 놓인 난초 화분에 눈길이 갔던 모양이다. 그동안 무심히 보아 오던 난초 화분이다. 그런데 그날엔 난초 이파리가 유난히 눈에 들어오는 것이었다. 왜 난초 이파리가 저렇게 휘어져 있을까? 한동안 난초 이파리를 바라보고 있노라니 난초 이파리가 저토록 유연하게 우아하게 휘어져 있을 수 있는 것은 허공이 있기 때문이라는 생각이 들었다.

허공. 그것은 비어 있는 공간이다. 흔히 우리는 허공을 없는 것이라고 생각하고 쓸모없는 것이라고 여기기 쉽다. 그러나 과연 그런가? 만약에 허공이 없다면 저 난초 이파리가 저 자리에 저토록 휘어져 있을 수 있겠는가? 생각이 여기에 이르자 허공, 즉 비어 있는 공간은 결코 없는 것이 아니라 그 또한 있는 것이라는 생각에 이르게 되었다. 허공의 인식, 이것도 하나의 발견이다. 이러한 생각은 나에게 매우 새로운 느낌을 주었고 또 기쁨을 주었다. 그래서 시의 제목을 '기쁨'이라 정했다.

그렇다! 세상에는 있는 것만 있는 것이 아니다. 없는 것도 충분히 있는 것이다. 오히려 없는 것의 바탕 위에 있는 것은 보다 더 완전하게 있는 것이 된다. 말하자면 부재의 전제 아래서만 존재가 성립한다는 말이다. 아니다. 부재도 존재다. 이렇게 우리가 없는 것을 인정할 때 세상은 다시 한 번 새롭게 태어나는 그 무엇이 되고 반짝이는 세계로 다가온다.

실상, 없는 것을 상정하고 인정할 줄 아는 능력은 인간에게만 허락된 특별한 능력이다. 인간에겐 마음이란 것이 있고 상상할 수 있는 능력이 있고 나아가 영혼이 있기 때문에 가능한 일이다. 우리들 삶에서 가장 확실한 없음, 가장 큰 허공은 죽음이다. 하지만 죽음도 없는 것은 아니다. 그것도 하나의 있음이다.

우리가 모든 삶의 상황과 순간에서 그러할 수는 없는 일이겠지만 때때로 이 죽음이란 것을 의식하면서 살아간다면 우리들 삶은 훨씬 더 유의미한 것이 될 것이고 싱싱해질 것이고 팽팽해질 것이다. 오로지 종교는 죽음을 전제로 하여 만들어진 하나의 가설이다. 없는 것을 인정하는 인간의 능력이 만든 허구란 이야기다. 허지만 그것은 인간의 정신이 도달할 수 있는 최상의 경지다.

이러한 인간의 상상력이 만들어 낸 세계 가운데에서 종교 다음의 자리에 있는 것은 예술이다. 예술작품 가운데서도 문학은 언어예술이고 언어예술 가운데서도 가장 날카롭고 신비하고 깊은 세계는 시가 가진 것이다. 실상 시작품은 세상에 한 번도 없었던 것들인지도 모른다. 없는 것인데 있다고 믿고서 꿈꾸는 그 무엇인지 모른다. 그것은 마치 미인도와 같고 인류가 한 번도 도달해 보지 못한 보물섬과 같다.

이러한 사례는 구체적으로 한시를 예로 들어 보아도 그렇다. 한시작법의 가장 전통적인 시상 전개방식으로 전경후정前景後情이란 것이 있다. 전경은 먼저 구체적인 사물이나 경치를 표현함이고 후정은 전경을 그린 뒤에 시인의 정서를 표출함이다. 여기서 전경은 실재하는 것이지만 후정은 실재하지 않는 것, 즉 시인의 마음이고 상상의 세계다.

그런데 정작 독자들은 전경에서보다는 후정에서 감동을 얻는다. 그만큼 감정이입이 되기 때문이다. 어디까지나 전경은 후정을 위해서 미리 나오는 것이다. 준비 작업이다. 더 말한다면 없는 것을 위해서 있는 것이 먼저 있는 것이다. 이렇게 시에서도 없는 것은 있는 것보다 귀중한 자리에 앉는다. 이러한 예는 나의 시 「풀꽃」에서도 마찬가지다.

자세히 보아야/ 예쁘다// 오래 보아야/ 사랑스럽다// 너도 그렇다.

이 시에서 앞의 두 문장은 전경, 즉 있는 것에 해당되며 뒤의 한 문장 '너도 그렇다.'는 후경, 즉 없는 것에 해당된다. 그런데 독자들은 '너도 그렇다.'에 임팩트가 있다고 믿는다. 이러한 경우는 또 다른 나의 작품 「멀리서 빈다」에서도 그러하다.

어딘가 내가 모르는 곳에/ 보이지 않는 꽃처럼 웃고 있는/ 너 한 사람으로 하여 세상은/ 다시 한 번 눈부신 아침이 되고// 어딘가 내가 모르는 곳에/ 보이지 않는 풀잎처럼 숨 쉬고 있는/ 나 한 사람으로 하여 세상은/ 다시 한 번 고요한 저녁이 온다// 가을이다, 부디 아프지 마라.

맨 뒤에 나오는 문장인 '가을이다, 부디 아프지 마라.'가 바로 없는 것을 말함이고 후정인 것이며 감동의 핵심인 것이다. 없는 것과 있는 것. 그것을 잠시 생각해 보는 것은 우리들 삶의 실제에서뿐만 아니라 시 쓰기 작업에서도 매우 중요한 공부가 될 것이다.

만약에 우리가 있는 것과 함께 없는 것을 보게 되고 또 그것을 인정할 수만 있다면 세상은 대번에 두 배로 확장되고 의미망은 그만큼 풍성해질 것이 분명하다. 실은 나의 시도 이처럼 없는 것을 바라보기 시작하고 그 것을 인정하기 시작하면서 달라졌다고 볼 수 있다. 시의 단순성과 간결성 도 바로 그런 연유에서 온 것이라고 말할 수 있다. 그만큼 없는 것은 없는 것이 아니고 중요한 또 하나의 세상인 것이다.

꽃

나태주

예뻐서가 아니다

잘나서가 아니다

많은 것을 가져서도 아니다

다만 너이기 때문에

네가 너이기 때문에

보고 싶은 것이고 사랑스런 것이고 안쓰러운 것이고

끝내 가슴에 못이 되어 박히는 것이다

이유는 없다

있다면 오직 한 가지

네가 너라는 사실!

네가 너이기 때문에

소중한 것이고 아름다운 것이고 사랑스런 것이고 가득한 것이다

꽃이여, 오래 그렇게 있거라.

같은 것과 다른 것

'있는 것과 없는 것'에 이어서 서로 같은 것과 다른 것을 생각해 보는 것도 시 쓰기에서 흥미 있는 기회를 제공한다. 우리가 알다시피 세계에서 가장 짧은 시 형식이라고 말하면 일본의 전통시가 하이쿠다. 하이쿠 가운데 이런 시가 있다.

모두 잠지코 있었다 주인도 손님도 흰 국화꽃도

이 작품은 오시마 료타大島蓼太, 1718~1787란 시인의 하이쿠인데 이 작품은 미국의 초등학교에서 어린이들에게 시를 가르칠 때 중요한 교재로 삼는 작품이다. 그들은 아이들에게 '하나만 의외의 것이 들어가도록 단어를 늘어놓아 보세요. 이 시에서는 흰 국화꽃이 그것입니다. 국화는 말을 못하니까요.'라고 가르치고 있다.

위의 시에는 세 개의 대상혹은 사물이 나온다. '주인'과 '손님'과 '국화꽃'. 그런데 앞의 것 둘은 인간이고 세 번째 것은 꽃이다. 관계망으로 볼 때 '주인'과 '손님'은 가깝고 '국화꽃'은 멀다. 허지만 그들에게는 공통점이 있다. '모두 잠자코 있었다'는 점이다.

시란 이렇게 가까운 것 같으면서도 서로 먼 사물을 끌어다 나란히 놓는 데서부터 출발한다. 그들끼리의 관계성, 유사성을 찾는 것이다. 여기서 새로운 충돌이 발생한다. 새로운 소리와 빛깔이 나오고 그것은 또 새로운 어울림을 낳는다. 말하자면 새로운 감동이다.

두 개의 동질과 하나의 이질. 이렇게 동질 둘과 이질 하나가 병립並立할 때 그들의 특성은 더욱 뚜렷해지고 싱싱해진다. 일테면 상보관계가 되고 상승효과가 되는 것이다. 우리도 한번 이러한 시를 패러디해서 자기의 시를 지어 보는 것도 재미있는 일이 될 것이다.

*나에겐 친구가 셋 있다 은이와 숙이와 강아지와

*나에겐 보물이 셋 있다 컴퓨터와 핸드폰과 어머니와

*봄이 오면 꽃이 피어난다 산에 들에 그리고 너의 얼굴에

고요히 잠드는 밤을 너에게
- 다시 혜리에게

혜리야. 여기까지 함께 와 줘서 고맙다. 언제든 우리가 함께 길을 떠나고 더불어 이야기를 나눈다는 것은 매우 소중한 일이고 보람 있는 일이라고 생각한다.

살다 보면 너도 알겠지만 때로는 포기하고 싶고 쥐고 있는 풍선 줄을 그만 놓아 버리듯 생을 놓고 싶을 때가 있는 것이 우리들 인생이다. 그렇지만 끝까지 포기해서는 안 되는 것이 또한 인생이기노 하다.

혜리야. 너는 이것을 알아야만 한다. 세상의 그 어떤 것도 영원한 것은 없고 그 누구도 끝없이 사는 목숨은 아니란 것을. 모든 것은 변하게 되어 있고 사라지게 되어 있다. 그러므로 우리 앞에 닥친 어려운 일도 그렇다고 믿어야 한다.

이것은 우리에게 한편으로 희망이 되기도 한다. 어떠한 어려움이라도 그 어디엔가는 해결책이 있다는 사실. 오늘은 이렇지만 내일은 분명 좋은 일이 있을 것이라는 막연한 기대와 소망.

여름날 장맛비가 내릴 때 보면 영영 비가 그치지 않을 것 같이 내리는 날이 있다. 그렇지만 한 번도 비가 그치지 않은 날은 없었다. 문제는 언제 비가 그치느냐 그것이다. 그것은 겨울의 눈도 마찬가지고 더운 날씨, 추운 날씨도 마찬가지다. 더 큰 문제는 우리들 마음속의 불신이고 조바심이라고 생각한다.

인생을 살아감에 있어 좀 더 우리는 느긋한 마음이어야만 하고 긍정적인 태도를 가질 필요가 있다. 그리고는 천천히 내가 바라고 꿈꾸는 목표를 향하여 나아가야만 한다. 그러다 보면 언제인지는 모르지만 그 목표와 꿈이 이루어지는 날이 있게 마련이다.

지금까지 우리는 시에 대한 이야기를 길게 했지만 결국 그것은 인생의 이야기이고 사랑의 이야기이기도 하다. 그 이야기들이 너같이 예쁘고 사랑스런 이 땅의 많은 젊은 세대에게로 가서 마음의 꽃다발이 되고 조그만 위로가 되고 한 모금의 물이 된다면 얼마나 좋을까!

어쨌든 나는 세상에 와서 너같이 예쁜 젊은이를 만난 것을 매우 기쁘게 고맙게 생각한다. 나 같은 사람의 이야기에 끝까지 귀 기울이며 오랫동안 잘 들어주는 너의 인내심에도 감사한 마음을 표한다.

앞으로 얼마나 너하고 같이 일을 할지 몰라도 더 좋은 일, 더 보람 있는 일을 찾아서 하기를 바라고 그런 일들 가운데 너도 기쁨을 찾고 행복한 마음이기를 빈다.

다시 한 번 나의 이야기에 귀를 빌려준 너에게 감사한다. 좋은 날, 하늘

맑고 마음 또한 푸른 날이 있다면 어느 나무 아래 어느 산기슭 찻집에서든 우리가 다시 만나 반갑게 손을 잡는 날이 있었으면 좋겠다.

혜리야. 너에게 한 편의 시를 읽고 평안한 마음이 되어 고요히 잠드는 밤을 선물로 주고 싶다. 시를 중얼거리며 멀리 하늘가로 스치는 흰 구름을 바라보며 미소 짓는 한낮을 주고 싶다. 혜리야. 그러면 오늘은 이만 여기서 안녕!

네가 있어

– 다시 혜리에게

바람 부는 이 세상

네가 있어 나는 끝까지

흔들리지 않는 나무가 된다

서로 찡그리며 사는 이 세상

네가 있어 나는 돌아앉아

혼자서도 웃음 짓는 사람이 된다

고맙다

기쁘다

힘든 날에도 끝내 살아남을 수 있었다

우리 비록 헤어져

오래 멀리 살지라도

까마득 잊는 그런 날이 올지라도.